KB151910

스타일라이프

스타라이프

1판 1쇄 찍음 2018년 3월 20일
1판 1쇄 펴냄 2018년 3월 27일

지은이 | 정사부
펴낸이 | 정 필
펴낸곳 | 도서출판 **뿔미디어**

편집장 | 김대식
기획 · 편집 | 문정흠

출판등록 | 2002년 9월 11일 (제081-1-132호)
주소 | 경기도 부천시 원미구 소향로 17번길(두성프라자) 303호 (우) 14544
전화 | 032)651-6513 / 팩스 032)651-6094
E-mail | bbulmedia@hanmail.net
비북스 | http://www.b-books.co.kr

값 8,000원

ISBN 979-11-315-8818-5 04810
ISBN 979-11-315-8292-3 04810 (세트)

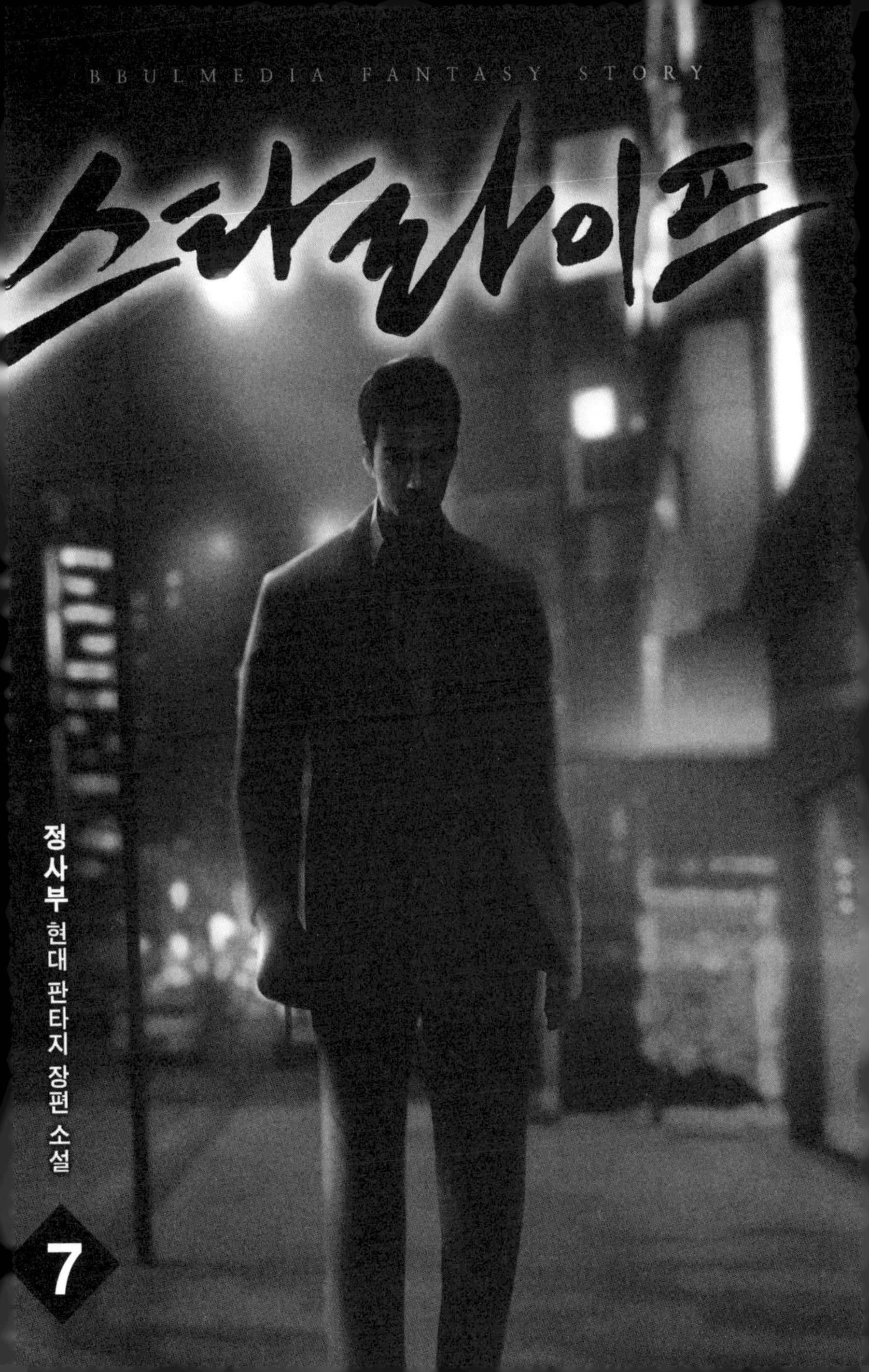
BBULMEDIA FANTASY STORY
스타셰프
정사부
현대 판타지 장편 소설
7

CONTENTS

Chapter 1

정글 라이프

대한민국 예능 방송의 새로운 장을 연 김정만의 정글 라이프. 그동안 야외 버라이어티는 단순하게 야외에서 게임을 하거나 아니면 지방을 돌며 그곳의 특색 있는 농촌 풍경을 보여주며 그 안에서 소소한 게임을 통해 출연한 연예인들의 끼를 보여주는 정도였다.

　하지만 개그맨 김정만의 이름을 걸고 하는 김정만의 정글 라이프는 그동안의 야외 예능과는 차별되게 국내가 아닌 해외로 그 스케일을 키웠다.

　물론 단순히 기존의 야외 예능에서 규모를 키운 정도로 평가할 수도 있다.

하지만 생존을 위해 출연진이 직접 야외에서 모든 필요한 걸 구해야 한다는 점에서 차별화된다.

기존 예능에서는 출연자가 힘들 때 연출진에서 그에 합당한 준비를 해준 데 반해 김정만의 정글 라이프에는 그런 것이 없었다.

먹을거리는 물론이고, 잠자리, 그리고 먹을거리를 요리할 불까지 직접 피워야 하는, 말 그대로 예능이란 이름을 가져다 붙인 서바이벌이다.

그 때문에 기존에 보지 못했던 연예인들의 고생담을 리얼하게 볼 수 있어 국민들에게 진솔한 프로그램으로 각인이 되었다.

다만 기존에 촬영하던 방식에 익숙했던 연예인들이나 몇몇 각 분야의 유명인들은 자신들의 오해로 인해 낭패를 볼 때가 있었다. 화면으로만 주야장천 고생할 뿐 실제로는 그렇지 않을 것이라 예상하고 출연을 했다가 상상 그 이상의 생고생에 혀를 내두르는 게 대부분의 반응이었다.

그러한 장면들이 출연한 연예인들의 입을 통해 리얼하게 나감에도 불구하고 믿지 못하는 시청자도 있다.

물론 김정만의 정글 라이프도 예능 프로그램이기에 대본은 있다.

다만 정글이라는 변수가 많은 곳이기에 현장에 맞게 대본이 수정된다.

그리고 현재 5주년 특집을 찍는 김정만의 정글 라이프 연출진은 바로 그 변수로 인해 난처한 상황에 놓이게 되었다. 날씨라는 복병이 바로 그것이다.

　필리핀의 팔라완 섬에 도착할 때부터 좋지 않던 날씨는 첫날부터 김정만의 정글 라이프 출연진이나 촬영 팀을 도와주지 않았다.

　장시간 비를 맞고 촬영지에 도착하자마자 전혜진이 몸살로 촬영에서 빠지고 의료팀 캠프에서 요양하게 된 것으로도 모자라, 촬영 팀에서 준비한 장비들이 빗물에 노출이 되면서 고장을 일으키기까지 했다.

　"장비에 빗물 들어가지 않게 비닐 잘 싸라고 했지!"

　민주홍 PD는 촬영 팀들을 돌아보며 고함을 질렀다.

　벌써 조명만 두 대가 빗물에 고장이 나버렸다. 그뿐만 아니라 카메라도 한 대가 고장이 나는 바람에 돌아가면 시말서를 서야 할 형편인데, 이놈의 날씨는 도무지 도와줄 기미가 보이질 않는다.

　조금 전, 그칠 것 같았던 빗줄기가 다시 굵어지기 시작해 민주홍 PD는 속이 타들어 갔다.

　너무도 궂은 날씨라 자신들이 어떻게 해볼 수 없다는 걸 알면서도 방송만 생각하면 조바심이 났다.

　이 상태로 계속된다면 야심차게 준비한 이번 5주년 촬영을 중지해야 할 수도 있기에 더욱 그러했다.

민주홍 PD는 필리핀의 일기예보를 주의 깊게 보고 있는 FD에게 실낱같은 기대를 걸고 물었다.

　　"명훈아."

　　"예."

　　"내일 일기는 어떻다고 하던?"

　　카메라와 조명 기구도 고장이 난 상태에서 촬영마저 제대로 해 가지 못한다면 정말이지 시말서는 빼도 박도 못하게 된다.

　　"내일까지는 어쩔 수 없을 것 같습니다."

　　"뭐야!"

　　"그래도 내일 오전에는 태풍이 필리핀을 벗어나니 좀 나을 것 같습니다."

　　김명훈 FD가 그나마 희소식을 덧붙였다.

　　"제길, 정말이지 일부러 우기를 피해서 오려고 했는데."

　　민주홍 PD는 5주년 특집이니만큼 좋은 영상을 찍기 위해 많은 것을 고려해 촬영지로 이곳 팔라완 인근을 선택했다.

　　우기가 지난 동남아시아의 하늘과 바다는 지난 5년간 촬영을 다니면서 가장 아름다웠다.

　　그래서 그동안 고생한 김정만에게 휴가도 선사할 겸해서 일부러 이곳을 선택했다.

　　하지만 진인사대천명이라 했던가? 사람이 아무리 애써

준비했다고 해도 하늘의 뜻이 같지 않으면 다 별무소용이었다.

도착한 필리핀은 때늦은 태풍으로 인해 우기 말미에 엄청난 빗줄기를 쏟아냈다.

더 촬영할지, 철수할지 선택의 기로에 선 민주홍 PD는 마음이 복잡하여 괜히 엄한 머리카락만 움켜쥐고 괴롭혔다.

이렇게 촬영 팀에서 앞으로 남은 촬영에 대해 고민을 하고 있을 때, 김정만을 비롯한 출연진들은 어려운 여건 속에서 조금이라도 편한 촬영을 위해 움직이고 있었다.

＊　　　＊　　　＊

"혜진이도 도착했을 때보단 좀 나아진 것 같다."

"그러게요. 여기 도착했을 때까지만 해도 낯빛이 창백한 것이 촬영을 할 수나 있을지 걱정이 되더니, 좀 전에 보니 꽤 나아진 것 같더라고요."

김정만과 노담은 요양 중인 전혜진에게 병문안 다녀오며 전혜진의 상태에 대해 이야기를 하였다.

"그나저나 형."

"왜?"

"이번 촬영은 휴가라면서요?"

노담은 김정만을 보며 물었다.

"아, 나도 민 PD에게 그렇게 들었을 뿐이야. 그동안 고생했다고, 이번 촬영은 편하게 촬영할 수 있게 해준다고 했어."

김정만은 친한 동생인 노담의 물음에 살짝 당황하며 급하게 변명을 하였다.

"이게 휴가예요?"

옆에서 걷던 유우진이 돌아보며 따졌다.

노담이나 유우진은 정글 라이프 초창기에 김정만과 함께 1년여를 고생하며 촬영했던 초기 멤버다.

그러다 김정만의 정글 라이프가 국민들에게 국민 예능으로 자리 잡으면서 여기에 출연하고 싶어 하는 연예인들이 늘어나 자리를 빼앗기고 요즘은 출연을 하지 않고 있었다.

한데 이번 김정만의 정글 라이프가 5주년 특집을 하면서 고생한 김정만에게 휴가를 준다는 취지로 촬영을 하겠다는 뜻을 전하자 김정만이 초기에 같이 고생한 두 동생을 부른 것이다.

이는 민주홍 PD나 STV 상부로부터 김정만의 노고와 초기에 고생한 두 사람에 대한 예우 차원에서 받아들여진 사항이다.

하지만 일은 사람이 계획하지만 결과는 하늘의 뜻에 따라 다르게 펼쳐졌다.

그들은 초창기에 버금갈 정도로, 아니, 더하면 더했지 조금도 모자라지 않게 고생을 겪어내는 중이었다.

"무슨 휴가를 정글로 와요."

옆에서 이야기를 듣고 있던 광희가 너무도 간단하게 결론을 내려 버렸다.

최광희 또한 정글 라이프 초기 멤버였기에 이들이 하는 이야기를 듣고는 실소하며 이야기에 껴들었다.

"아."

"그럼, 우리 또 민 PD에게 속은 거야?"

믿고 싶지 않은 진실을 들은 것마냥 유우진은 마치 뭉크의 절규를 연상하듯 양손을 턱밑에 붙이고 절규를 하였다.

그런 이들의 모습을 함께하던 VJ가 모두 카메라에 담았다.

여전히 그들은 촬영 중인 것이다.

"그나저나 이 지긋지긋한 비는 언제 그치는 거야?"

유우진은 조금 전부터 다시 내리기 시작한 빗줄기를 올려다보며 중얼거렸다.

"그러게 말이다. 이러다 우리 잠자리까지 침수되는 것 아닌지 모르겠다."

노담은 내리는 비를 보며 한탄하는 유우진에게 맞장구를 쳤다.

"형님들."

"응?"

"아닌 게 아니라 돌아가면 바로 집 주변 보수 좀 해야겠어요."

노담의 말에 수현은 자신의 생각을 말했다.

그런 수현의 말에 김정만이 앞으로 나서서 대답했다.

"그래? 그럼 몇 명은 야간 사냥에 나가고, 남은 사람들은 빗물이 새 들어오지 않게 보수하는 팀으로 나누자."

"네."

"알겠습니다."

그렇게 앞으로의 일을 논의하면서 걷다 보니 어느새 숙영지에 도착을 하였다.

"수현아."

"네."

"일단 불이 꺼지면 안 되니 나무 좀 해 와야겠다."

김정만은 다시 내리기 시작하는 비로 점점 꺼져 가는 불을 보며 급하게 소리쳤다.

젖은 나무에는 불이 붙질 않으니 적당한 나무를 찾으려면 서둘러야 할 듯싶었다.

"네, 걱정 마세요."

땔감으로 적합한 나무를 어디서 찾을지 바로 떠올린 수현이 족장 김정만에게 대답하고는 곧장 나무를 찾아 자리를 떴다.

혹시 그사이 불이 꺼진다 해도 큰 걱정은 없었다.

다른 때 같으면 어림도 없을 일이지만, 민주홍 PD는 다른 때는 허락하지 않았을 화기 사용을 용인했다.

그도 그럴 것이, 열 시간가량 비를 맞으며 촬영지로 오는 바람에 출연진 중 전혜진이 감기 몸살에 걸렸다. 시작도 하기 전부터 환자가 발생한 것이다.

다행히 다른 남자 출연자들은 그런 기미가 보이지는 않았지만 언제 환자가 또 나올지 몰라 어쩔 수 없이 현실과 타협을 한 것이다.

며칠 뒤에 합류하는 멤버들이 있기에 처음 출발 인원을 적게 잡았다. 때문에 출연진이 한 명 빠지는 것만으로도 어딘가 그림이 휑했다.

전혜진이 누군가. 혼자서 열 사람 몫은 하는 여전사이자 출발 멤버 중 유일한 홍일점이 아닌가.

열악한 환경으로 인해 족장인 김정만이 생각보다 활약을 하지 못한 점도 한몫했다.

그나마 중간에 수현이 활약을 해준 덕분에 첫날 방송분이 나와 망정이지, 그렇지 않았다면 정말이지 어떻게 촬영분을 편집해야 할지 막막할 지경이었다.

정글 초보인 수현이 뜻하지 않게 야생 닭을 사냥하고 특식을 준비하는 과정을 촬영한 덕분에 첫날 방송 내용은 충분히 풍성해졌다.

만약 그렇지 않았다면 방송 내내 비를 맞으며 집 짓는 내용이나 젖은 나무를 가지고 불을 피우기 위해 고생하는 장면만 내보낼 뻔하였다.

"미키는 나와 물고기라도 좀 잡아 오자."

김정만이 다른 멤버들에게 또 다른 지시를 내리는 동안, 수현은 낮에 발견했던 나무가 위치한 곳에 가까워지고 있었다.

＊　　　＊　　　＊

낮에 먹을거리를 찾아 돌아다닐 때 봐둔 죽은 나무를 곧장 찾아간 덕분에 숙영지로 돌아가는 데 시간이 얼마 걸리지 않았다. 나무가 커서 또 다른 땔감을 찾지 않아도 되었던 것이다.

수현은 가져온 나무를 꺼져 가는 불 위에 올려두는 것으로 할 일을 마치자, 집 주변을 재정비하는 이들에게 다가갔다.

"정만이 형하고 미키 형은 사냥 가셨나 봐요?"

"어? 수현이 왔냐?"

한창 집 주변에 깊은 배수로를 파고 바닷가로 물길을 내고 있던 노담이 수현의 말에 대답하였다.

"이렇게 비도 오는데 걱정이다."

"그러게 말이에요. 그런데⋯⋯."

수현은 배수로 작업이 어느 정도 마무리되어 가는 것을 돌아보며 뭔가 생각나는 것이 있어 이야기하였다.

"그런데 이렇게 계속 비가 오면 새벽에 불도 꺼질 것 같은데."

"그러게 말이다. 정글이 낮에는 더워도 밤에는 엄청 추운데."

노담도 여러 차례 정글 라이프에 출연했었기에 정글 기온에 대해 잘 알고 있었다.

"그래서 그러는데, 집도 좀 보수하는 것이 어떻겠어요?"

"보수?"

"어떻게?"

수현의 집을 보수하자는 말에 노담이나 유우진이 관심을 보였다.

"전에 콜롬비아 편에서 족장님이 온돌을 깔았던 것 있잖아요?"

"아, 그거."

몇 달 전 콜롬비아 촬영에서 김정만은 정글 라이프 최초로 바닥에 온돌을 만들었다.

당시 촬영지가 습한 지역이라 새벽에는 무척이나 기온이 떨어지는 곳이라 출연자들의 건강을 위해 새로운 시도를 한 것이었는데 그 반응이 무척이나 좋았었다.

그래서 수현은 현재 이곳도 비가 너무 오는 바람에 기온이 떨어져 있으니 바닥에 온돌을 깔면 좋겠다는 생각에 제안을 한 것이다.

"나무를 하다 보니 주변에 넓적한 돌들도 좀 있더라고요."

"그래? 어차피 사냥 팀이 돌아오려면 시간도 더 있어야 하고, 또 찬물에 들어갔다 올 테니 온돌을 만들어놓으면 좋아할 거야. 하자!"

노담이 찬성하자 다른 사람들도 찬성을 하고 나섰다.

"그럼 일단 바닥에 깔 넓적한 돌을 가지러 가죠."

"그래."

"제가 봐둔 곳으로 안내할 테니 따라오세요."

집 주변 보수로 인해 남아 있던 노담, 유우진, 그리고 최광희는 수현을 따라 정글로 들어갔다.

*   *   *

저벅저벅.

"와아, 비가 와서 그런지 겁나 걷기 힘드네."

"조심하세요."

하루 종일 비가 와서 그런지 땅은 진창이 된 지 오래였다.

"저기 보이시죠. 주변에 보시면 평평한 돌들이 꽤 있을 거예요. 적당히 들 수 있을 만큼만 가지고 가죠."

수현은 주변에 널린 돌들 중 바닥에 깔기 적합한 넓고 평평한 돌들을 골라 적당히 쌓았다.

그리고 마치 돌기둥을 쌓듯 쌓아 올린 돌무더기를 한 번에 번쩍 들어 올렸다.

"으응?"

"수현아, 무리하지 마."

"헉!"

수현이 10여 개의 돌판을 쌓아 들어 올리는 것을 보고 다들 놀라는 가운데, 무리하는 듯 보이자 노담이 만류를 하였다.

"괜찮아요. 가시죠."

수현은 10여 개의 돌판을 들고도 마치 맨몸으로 걷듯 자연스럽게 앞장서서 숙영지로 걸어갔다.

그런 수현의 모습에 노담이나 유우진 등은 괴물을 보듯 쳐다볼 뿐이었다.

다라락.

숙영지에 도착하자 수현은 들고 온 돌판들을 한쪽에 쏟았다.

그런 수현의 뒤를 따라 도착한 노담과 유우진, 그리고 최광희가 가져온 돌판들을 내려놓았다.

"형님들, 한 번만 더 조금 전 거기서 돌판 좀 가져다주세요. 전 돌판들을 깔 준비를 하고 있을게요."

"그래, 알았다."

자신들은 온돌을 놓을 줄 모르니 수현의 지시대로 따르겠다며 노담과 유우진 등이 자리를 떠났다.

그리고 수현은 챙겨 온 야전삽을 가지러 갔다.

출발 전 수현은 인터넷을 통해 정글에서 필요한 장구들을 찾아보고 구입을 하였는데, 그중 무척이나 유용해 보여 구입을 한 것이 야전삽이었다.

적당한 크기에 각도를 조절하면 곡괭이로도 사용할 수 있고, 또 위급 시에는 무기로도 사용할 수 있어 야생에서 무척 유용한 장비였다.

퍽. 퍽.

야전삽을 90도 각도로 조절하여 곡괭이처럼 땅을 파기 시작했다.

평평한 돌이 많지 않은 관계로 숙영지에 만들어놓은 집 바닥 전체에 온돌을 깔 수는 없었다.

그래서 수현은 ㄱ 자로 온돌을 깔기로 하였다.

평평한 돌만 많았어도 바닥 전체에 온돌을 깔았겠지만 부족한 것을 어쩌겠는가? 아쉽지만 상체 위주로 몸을 데울 수 있게 ㄱ 자로 깔기로 했다.

적당히 바닥에 덮어두었던 풀을 걷어내고 30㎝ 깊이로 열심히 땅을 팠다.

그리고 그 위에 먼저 가져다 놓은 평평한 돌들을 들어다 올렸다.

간간이 틈이 생겼지만 그런 곳은 풀과 흙을 적당히 갠 다음 시멘트처럼 발랐다.

이는 온돌을 놓는 방법 그대로였다.

그렇게 상체를 데울 수 있는 넓이로 온돌을 깐 수현은 바닥과 수평을 맞췄다.

그래야 잠을 자는 데 불편하지 않기 때문이다.

그리고 혹시나 연기가 새어 나올 것을 염려하여 잘 바른 진흙 위에 김장용 비닐을 덮었다.

집을 지을 때 빗물이 새어 들어오지 않게 지붕에 씌우고 남은 비닐이 있어 무척이나 유용했다.

돌판을 모두 깐 수현은 아궁이 위로 빗물이 들이치지 않게 하기 위해 그곳에도 지붕을 만들기로 했다.

아궁이 위에 지붕을 만드는 것은 온돌을 만드는 것보다 더 간단했다.

원래 집 지붕에 나무 기둥을 연결하면 되는 간단한 작업이었다.

물론 그러기 위해선 내리는 비를 맞으며 적당한 나무를 잘라 오고, 또 지붕에 씌울 야자 잎도 가져와야만 했다.

하지만 수현과 함께 집을 보수하는 노담과 유우진, 그리고 최광희는 전혀 거부하지 않았다.

뜻하지 않게 대공사가 되었지만 수현과 함께 작업을 하는 내내 지루하지 않았기 때문이다.

그렇게 온돌과 아궁이 지붕을 만드는 작업을 하고 있을 때, 김정만과 미키 김이 숙영지로 돌아왔다.

밤 사냥을 나갔던 그들의 손에는 아무것도 들려 있지 않았다.

그도 그럴 것이, 아직 태풍의 영향권에 있는 상태에서 바닷속은 무척이나 혼탁한 상태였다.

더욱이 해류도 불규칙해 별다른 장비도 없는 상태에서 스쿠버 장비만 가지고 물고기를 잡는다는 것은 말처럼 쉬운 일이 아니다.

그런데도 김정만과 미키 김은 어떻게든 물고기를 잡기 위해 장시간 물속에서 노력했건만 자연이 매몰차게 그들의 마음을 알아주지 않은 것이다.

집을 보수하던 이들은 빈손으로 돌아온 두 사람을 결코 원망하지 않았다.

자신들을 위해 위험한 밤바다, 그것도 태풍의 영향으로 거친 바다에 나갔다 온 이들이기에 그저 고마울 따름이었다.

"와! 이거 잠깐 나갔다 돌아오니 집이 확 바뀌었는데?"

김정만은 사냥을 나갔지만 아무런 결과물도 없이 돌아온 것이 미안해 더 크게 너스레를 떨었다.

"하하, 외형만 바뀐 것이 아니라고. 여기 와서 누워봐!"

노담은 너스레를 떠는 김정만의 팔을 붙잡아 끌며 집 안으로 데려왔다.

"여기 한 번 누워봐. 미키야! 너도 여기 와서 한번 누워봐라. 천국이 따로 없다."

김정만을 먼저 끌어온 노담은 불 주변에 있는 미키 김도 불렀다.

"와아! 이거 뭐야."

노담 때문에 강제로 누운 김정만은 갑자기 등으로부터 느껴지는 온기에 깜짝 놀라 소리쳤다.

"어어!"

김정만에 이어 미키 김 또한 집 안에 눕자 느껴지는 온기에 깜짝 놀랐다.

"하하, 수현이가 만든 거야. 어때?"

노담은 수현을 돌아보며 그렇게 말을 하였다.

"와! 어떻게 이걸 만들 생각을 한 거야?"

김정만은 수현이 만든 온돌이 마음에 든 것인지 이리저리 몸을 뒤집어가면서 물었다.

"전에 족장님이 만드신 것이 기억나서 한번 만들어봤습니다. 멤버들 모두 하루 종일 비를 맞고 여기 오지 않았습니까? 그래서……."

수현은 온돌을 만들게 된 이유를 차근차근 설명하였다.

"나도 급하게 비를 피할 생각만 했는데, 정말 수현이 덕분에 때 아닌 호강을 하게 된다. 으! 시원하다."

김정만은 한 시간이 넘도록 차가운 밤바다 속에서 얼었던 몸이 절로 녹는 것 같아 너무도 기분이 좋았다.

"야, 우리도 일단 몸 좀 녹이자."

"그래, 비 맞으면서 노동을 했더니 힘들다."

노담과 유우진도 소리치며 그들의 곁으로 가서 몸을 뉘였다.

그런 출연진들을 보며 수현은 화덕 위에 올려둔 반합을 가져왔다.

"시간도 늦었으니 이거 한잔들 하시고 그만 자도록 하죠."

수현은 반합을 간이 테이블 위에 놓으며 소리쳤다.

"그건 뭔데?"

먹고 자라는 말에 가장 먼저 노담이 벌떡 일어나 물었다.

"별거 아니고, 저녁때 쓰고 남은 사탕수수가 있어서 넣고 끓인 사탕수수 물이에요."

정말 별거 아니었다. 낮에 먹거리를 구하러 갔다가 가져왔던 사탕수수 줄기 중 남은 조각들을 모아서 빗물과 함께 넣고 끓인 것뿐이다.

"으으, 좋다."

가장 먼저 일어났던 노담이 반합 뚜껑에 조금 따라 마

셨다.

비를 맞아 체온이 떨어진 몸속에 따뜻하고 달짝지근한 물이 들어가니 속이 확 풀렸다.

그렇게 노담을 비롯한 나머지 멤버들이 하나둘 일어나 수현이 달인 사탕수수 물을 먹고 잠자리에 들었다.

"오늘 하루 고생들 하셨습니다. 이만 오늘 촬영을 마치겠습니다."

민선홍 PD도 계속해서 비가 내리는 통에 뭔가를 더 할 것도 없기에 촬영을 마치기로 하였다.

"수고하셨습니다."

그렇지 않아도 추운 바다 속에서 장시간 사냥을 했기에 몸이 으스스하게 냉기가 올라왔는데, 등 뒤로 따뜻한 온기가 느껴지니 천국이 따로 없었다.

*   *   *

부스럭부스럭.

으음!

'무슨 소리지?'

이른 새벽 수현은 자다 말고 귓가에 들리는 작은 신음 소리에 잠에서 깼다.

'광희네.'

광희가 잠을 자면서 내는 신음에 수현은 그를 한번 살펴보았다.

"어제 낮부터 좀 안 좋더니 추운가 보구나."

잔뜩 웅크리고 간간이 신음을 흘리는 모습이, 어제 너무 많이 비를 맞아 체력이 떨어져 그런 것 같았다.

자신이야 남들보다 월등한 신체 때문에 아무렇지 않았지만 다른 사람들은 그렇지 않았을 것이다.

전날 하루 종일 내린 비 때문에 체력이라면 남부럽지 않다고 알려진 김정만 족장이나 다른 예능 프로에서 레전드라고 불리는 미키 킴조차도 얼마나 피곤했는지 깊이 잠든 모습이 보였다.

'안 되겠다. 일어나면 뭐라도 먹어야 다들 체력들이 좀 돌아올 것 같네.'

수현은 그렇게 김정만의 정글 라이프 출연진들의 컨디션이 별로 좋지 않은 것을 보고 자신이 좀 더 움직여야겠다는 생각을 하였다.

그리고 생각은 바로 행동으로 이어졌다.

가장 먼저 한 일은 일단 잦아든 불을 좀 더 키우는 일이었다.

숯으로 변한 아궁이 속에 나뭇가지를 더 가져다 넣었다.

잠들기 전 연장해 놓은 아궁이 쪽 지붕이 있는 곳에 나무들을 가져다 놓았기에 나뭇가지들은 많이 젖지 않았다.

딕분에 아궁이에 가져다 넣은 나무들은 금방 불이 붙었다.

어느 정도 아궁이 안의 불씨가 커지자 수현은 그 뒤로 먹거리 탐방에 나섰다.

하지만 김정만의 정글 라이프 원칙상 출연진이 움직일 때는 무조건 카메라 한 대와 촬영 팀 한 명이 함께 움직여야 한다.

그래야 혹시나 문제가 발생했을 때 대처를 할 수 있기 때문이다.

그렇지만 지금은 너무 이른 시각이라 아직 촬영 팀에서 나온 사람이 아무도 없어 수현은 혼자 집 주변에 설치된 카메라 한 대를 들고 나섰다.

"아직 이른 시각이라 촬영 팀에서 나오지 못할 시간입니다."

수현은 거치대에서 분리한 카메라에 대고 대화를 하듯 혼자 이야기하기 시작했다.

"원칙대로라면 안전을 위해 촬영 팀에서 VJ가 한 명 붙어 함께 움직여야 합니다. 하지만 여기 보시면 아시겠지만, 현재……."

들고 있는 카메라를 돌려 잠들어 있는 정글 라이프 출연진들의 모습을 한 번씩 카메라에 담아낸 수현은 다시 자신의 얼굴을 찍으며 이야기를 이어갔다.

"보시는 봐와 같이 시간도 너무 이르고, 어제 하루 종일 비를 맞고 고생을 하는 바람에 다들 컨디션이 좋지 못합니다. 다른 사람들보다 체력이 좋아 먼저 일어난 제가 아침거리를 찾아보려고 합니다. 양해 부탁드립니다."

수현은 자신이 혼자 움직이는 것은 절대로 본인의 판단에 의한 것이지 누군가 시켜서 한 일이 아님을 강조했다.

그래야 혹시나 나중에 문제가 되었을 때 책임 소재가 명확해지기 때문이다.

그렇게 혼자 카메라를 들고 떠들면서 숙영지를 나온 수현은 아직도 추적추적 내리는 빗속을 거닐며 정글 깊숙이 들어갔다.

"보시는 것처럼 아직도 이곳에는 비가 내리고 있습니다."

그렇게 혼자 정글 안으로 들어간 수현은 아침거리를 반드시 가져가기 위해 어제 돌아다녔던 곳으로 방향을 잡았다.

"어제 카사바를 캤던 곳에 왔습니다. 일단 카사바를 찾아보겠습니다."

감자와 비슷한 식감의 카사바라도 먹는다면 조금은 나을 것 같아 일단 카사바를 채집해 보기로 했다.

그리고 얼마 지나지 않아 수현은 어제 캔 카사바보다 더 굵고 실한 카사바를 캘 수 있었다.

카사바를 캐다 보니 거의 3㎏ 정도가 되었다.

"한 3㎏ 정도 되는 것 같네요. 카사바는 이 정도면 되었고, 다른 것이 있나 더 찾아보겠습니다."

수현은 캐낸 카사바는 표시를 하고 그 자리에 놔두었다.

좀 더 정글 깊이 들어가 또 다른 먹거리를 찾으러 돌아다닐 것인데, 굳이 가지고 다닐 필요를 느끼지 않았다.

찌걱. 찌걱.

"비 때문에 길이 진창이 되었네요."

비 때문에 땅이 진창이 되어 걷기가 불편했지만 수현은 아무런 거리낌 없이 힘차게 앞으로 나아갔다.

그렇게 수현은 이른 아침, 아니, 아직 여명도 밝지 않은 새벽에 홀로 카메라 한 대만 가지고 정글 속을 돌아다니며 출연진들이 먹을 만한 것들을 찾아보았다.

한참을 그렇게 정글 안을 돌아다니던 수현은 어느덧 탁 트인 공간에 나오게 되었다.

"벌써 섬 반대쪽에 나왔네요. 어!"

정글을 헤치고 나오다 보니 어느새 섬 반대편까지 나온 수현은 답답하던 것이 탁 트이는 느낌에 말을 하려다 뭔가를 발견하고 소리쳤다.

"파인애플입니다!"

수현은 노랗게 익은 파인애플이 눈에 보이자 얼른 뛰어가 카메라에 담았다.

"어제는 사탕수수, 오늘은 잘 익은 파인애플이네요. 감사합니다."

파인애플을 따면서 수현은 하늘을 보며 감사 인사를 하였다.

꼭 종교를 믿어서 그런 것이 아니라, 아무것도 없는 상황에서 이렇게 먹을 것을 발견하자 마치 위대한 존재가 자신들의 힘든 상황에 행운을 가져다준 것만 같아 그렇게 느끼는 대로 표현하는 것이었다.

잘 익은 파인애플을 발견해서 기쁜 마음에 수현이 한껏 즐거워하고 있을 때, 정글 숲 깊은 곳에서 요란한 소리가 들렸다.

꾸액꾸액.

절대로 작은 짐승의 소리는 아니었다.

"저거 돼지가 우는 소리 같은데요. 숲 안에서 들리는 것을 보니 우리가 있는 숲에 야생 멧돼지가 서식을 하는 것 같습니다. 저것을 잡으면 우리 부족이 푸짐하게 먹을 수 있을 것 같은데, 아쉽게도 아무런 장비도 없네요."

수현은 정말이지 아쉽다는 듯 카메라를 들고 떠들었다.

사실 촬영만 아니라면 맨손으로도 멧돼지 정도는 충분히 잡을 수 있었다.

하지만 멧돼지는 일반인이 무기 없이 잡을 수 있는 짐승이 아니다.

비록 수현이 혼자 잡을 수 있다고 해도 맨손으로 멧돼지를 잡게 된다면 분명 차후에 문제가 발생할 수 있었기에 수현은 혼자 잡을 수 있음에도 평범한 사람을 연기하기 위해 다음 기회로 넘겼다.

"파인애플도 채집했고 아침으로 먹을 카사바로 수확을 했으니, 일단 숙영지로 돌아가야겠습니다. 멧돼지는 낮에 사냥 도구를 만들어 한번 도전을 해보겠습니다."

수현은 끝까지 본분을 잊지 않고 카메라에 각오를 다지는 모습까지 담았다.

그 장면을 끝으로 수현은 더 이상 떠들지 않고 빠르게 왔던 길을 되돌아갔다.

우선 목표는 카사바를 수확해 놓은 장소였다.

하지만 카사바를 수확해 놓은 장소에 도착했을 때 수현은 순간적으로 분노가 끓어올랐다.

"이런 제길."

카사바를 모아놓은 곳에 도착한 수현이 본 것은 먹다 남은 카바사 잔해였다.

조금 전 섬 반대편에서 들었던 멧돼지 울음소리는 아마도 수현이 캐놓은 카사바를 맛있게 인터셉터한 멧돼지의 환호성인 듯싶었다.

"어떻게 이럴 수가. 멧돼지에게 저희 아침을 빼앗겼습니다. 하!"

조금은 허탈하기도 했지만 수현은 이에 굴하지 않고 다시 주변을 둘러보며 카사바를 찾아보았다.

다행히 주변에는 아직 캐지 않은 카사바가 널려 있었다.

좀 전에 캤던 것보다는 씨알이 작았지만 그래도 충분한 양으로 수확할 수 있었다.

*   *   *

"으음."

김정만의 정글 라이프의 주인이자 족장으로 통하는 김정만은 아침 일찍 눈이 떠졌다.

우드득우드득.

자리에서 일어나자마자 스트레칭을 하면서 뭉친 근육들을 풀어주었다.

"어, 개운하다."

아침에 일어나 이렇게 개운한 기분은 처음이었다.

아무리 정글을 좋아하고 사랑하는 그이지만 솔직히 정글에서의 아침은 정말 힘들었다.

게다가 어제는 하루 종일 비를 맞기까지 하지 않았는가.

하지만 어제의 피로가 확 풀릴 정도로 편안한 잠자리였다.

꾸루룩.

몸이 깨니 뱃속에서 바로 신호가 흘러나왔다.

"이런, 다들 아침에 일어나면 배가 고프겠네."

어제 먹은 것이라고는 카사바와 사탕수수, 그리고 야생 닭 조금뿐이었다. 그러니 아무리 아침은 건너뛰는 게 정글에서의 일상이라지만, 뭐라도 먹을 것을 구해 올 필요가 있었다.

정말이지 이번 정글행은 유독 더 힘든 것 같았다.

5주년 특집이라 휴가와 마찬가지라 했는데, 정글 최강자라는 타이틀에 맞춰 지금까지 고난의 연속이었다.

촬영지인 필리핀에 도착하고부터 일기는 제작진의 예상을 벗어나 태풍의 영향권에 놓여 있었고, 설상가상 본 촬영지인 아구타야 인근 무인도에 도착할 때까지 장장 열 시간을 비를 맞아가며 이동하였다.

그 때문에 시작부터 멤버 중 한 명이 감기 몸살 증상으로 의료팀이 있는 곳으로 이탈하였다.

그 뒤로는 먹거리가 풍부한 바다마저 태풍의 영향으로 흐려서 사냥을 할 수 없었다.

그나마 다행이라면 출연진 중 한 명인 수현이 사냥하고 채집한 야생 닭과 카사바, 그리고 사탕수수로 간신히 요기는 할 수 있었다는 것이다.

초창기 아무것도 알지 못했을 때도 하다못해 민물고기 조금으로 한 끼를 해결했었다.

하지만 이번에는 날씨가 좋지 못해 물고기도 잡을 수 없는 상황에서 신입 멤버인 수현이 닭과 카사바를 구해 온 것이다.

만약 그것도 없었다면 정글 라이프 출연자들은 김정만의 정글 라이프 최초로 5년 만에 하루 종일 아무것도 먹지 못하고 일과를 마칠 뻔하였다.

정말이지 김정만은 족장으로서 무척이나 고맙고 부끄러웠다.

그래서 심기일전하여 오늘은 자신이 왜 정글 족장이라 불리는지 보여줄 생각이다.

'어?'

김정만은 정신을 일깨우고 각오를 다지며 일단 밤새 잦아든 불씨를 키우기 위해 아궁이로 갔다.

하지만 누가 먼저 불을 땐 것인지 불씨가 아직 살아 있었다.

그 때문에 김정만은 고개를 갸웃거리며 멤버들이 잠들어 있는 잠자리를 돌아보았다.

"누가 나보다 먼저 불씨를 살려놓은 거지?"

작게 중얼거린 그는 잠자리를 확인하다 멤버 중 인원수가 하나 빈다는 것을 그제야 깨달았다.

'어? 그러고 보니 수현이가 보이지 않네. 어디 갔나?'

생각해 보니 수현은 어제 촬영지에 도착하고부터 잠들기 전까지 상당히 부지런히 움직였다.

다른 사람들은 벌써 김정만이 자신의 이름을 걸고 하는

정글 라이프에 몇 차례 출연을 했기에 어느 정도 익숙할 테지만 수현은 그렇지 못할 것이라 생각했었다.

군대를 갔다 왔다고는 하지만 군대와 정글에서의 생활은 천지 차이이기 때문이다.

그런데 아이돌이면서 배우이기도 한 수현이, 아무리 사전에 준비를 했다고는 하지만 자신 못지않게 움직여 놓고, 연이어 다음 날인 오늘 새벽에 자신보다 먼저 일어나 또 뭔가를 하기 위해 움직인 것 같아 그는 당황되기도 하고 또 걱정되기도 했다.

혹시나 아이돌인 수현이 의욕 과잉으로 부상이라도 당하지나 않을까 걱정이 된 것이다.

그간 5년여간 정글 라이프를 촬영하면서 상당히 많은 연예인들이 출연을 했었다.

그중에는 부상 없이 촬영을 마치고 복귀를 한 사람도 있었지만, 몇몇 연예인들은 그렇지 못했다.

부상을 당한 이들은 대부분 다른 사람들보다 몸을 사리지 않고 적극적으로 촬영에 임했다는 공통점이 있었다. 즉, 과하게 의욕을 부린 게 원인이었다.

그러니 김정만의 걱정이 괜한 것은 아니었다.

"어? 족장님, 일어나셨어요?"

김정만이 보이지 않는 수현을 걱정하고 있을 때, 누군가 김정만에게 인사를 하였다.

FD인 김명훈이 다가와 인사를 한 것이다.

"일찍 왔네?"

평소보다 일찍 온 김명훈 FD를 보며 김정만은 의아한 표정으로 물었다.

"아, 예. 다름이 아니라 카메라 한 대가 꺼진 것 같아서 확인하러 왔습니다."

김명훈 FD는 출연진들이 있는 주변에 설치한 카메라를 확인하기 시작했다.

"어? 어디 갔지?"

카메라를 살피던 김명훈 FD는 카메라 한 대가 고장 난 것이 아니라 아예 없어졌다는 것을 그제야 발견을 하였다.

"왜? 무슨 일인데?"

김정만은 FD인 김명훈이 놀라 당황하는 모습이 의아해 물었다.

그런 김정만의 물음에 김명훈은 당면한 상황을 설명하였다.

"카메라 한 대가 없어졌습니다."

'아!'

김명훈 FD의 말에 김정만은 어떻게 된 것인지 곧바로 깨달을 수 있었다.

"카메라가 없어졌다면, 아마도 수현이가 들고 간 것 같아."

"수현 씨가요? 아니, 이 시간에 수현 씨가 카메라를 들고 어디를……."

막 김명훈이 김정만의 이야기에 질문하는데 이들을 부르는 소리가 멀지 않은 곳에서 들려왔다.

"어? 족장님, FD님, 일찍 일어나셨네요."

새벽 일찍 일어나 아침거리를 채집하러 갔던 수현이 숙영지로 돌아와서는 김정만과 김명훈 FD를 보며 인사를 한 것이다.

"새벽부터 어딜 갔다 오는 거냐?"

김정만은 자신을 보며 인사하는 수현에게 물었다.

"네, 어제 부족원들이 식사를 좀 부실하게 먹었잖아요."

"……?"

"일어나면 배고플 것 같아서 섬 한 바퀴 돌아 먹을거리 좀 채집해 왔습니다."

"응? 그래, 뭐 좀 봤어?"

김정만은 수현의 이야기에 살짝 기대감을 드러내며 물어보았다.

아니나 다를까, 수현에게서 긍정적인 대답이 들려왔다.

"네. 카사바하고, 그리고 여기 후식으로 파인애플 가져왔습니다."

수현은 자신이 채집해 온 카사바와 파인애플을 김정만의 앞에 들어 보였다.

"오! 역시 기사단장이야. 수현아, 새벽부터 고생했다."

김정만은 수현이 내보인 카사바와 잘 익은 파인애플에 밝게 웃으며 수현의 노고를 치하하였다.

"그런데."

김정만과 수현의 대화를 옆에서 듣고 있던 김명훈 FD는 대화하고 있는 김정만과 수현의 중간에 끼어들었다.

"아, 멋대로 혼자 움직여서 죄송합니다. 그리고 여기 카메라. 아직 촬영 팀이 올 시간이 아니어서 거치된 카메라 한 대 분리해서 개인 촬영을 했습니다."

수현은 혹시나 자신이 오버한 것은 아닌가 하는 생각을 하면서 정글을 돌아다니며 촬영했던 카메라를 김명훈 FD에게 넘겼다.

"촬영은 다 한 거냐?"

김정만은 혹시나 수현에게 안 좋게 작용할지도 모른다는 생각에 얼른 끼어들어 물었다.

"물론이죠. 그건 기본이니, 기상부터 카사바 채집과 섬 뒤편에서 파인애플을 발견하던 것까지 모두 촬영했죠."

수현도 김정만이 무엇 때문에 촬영했냐는 질문을 한 것인지 눈치채고 얼른 대답을 하였다.

덕분인지 김명훈 FD는 별다른 말을 꺼내지 않고 카메라만 챙겨 들었다.

상황이 잘 마무리된 듯하자 수현은 본론을 바로 꺼냈다.

"그런데, 이 섬에 멧돼지가 있는 것 같아요."

"멧돼지?"

"네."

수현은 새벽에 카사바를 캐놓고 섬을 탐사할 때 들은 짐승의 울음소리와 카사바를 가져가기 위해 돌아오는 길에 짐승이 먹고 남긴 카사바 잔해 등 자신이 보았던 멧돼지 흔적에 대해 이야기하였다.

"그래서 그런데, 오늘 낮에는 멧돼지 덫을 설치하는 게 어떻겠어요?"

5년 동안 정글 라이프를 촬영하면서 출연자들이 직접 이렇게 적극적으로 맹수를 사냥한 예는 없었다.

맹수를 사냥할 때면 언제나 전문 사냥꾼과 대동하고 그저 보조만 했을 뿐이지, 출연자가 직접적으로 어떻게 사냥을 하자고 건의한 적은 없었다.

그런데 김정만의 정글 라이프 최초로 출연자가 위험한 멧돼지 사냥을 먼저 건의한 것이다.

"음, 일단 PD님께 말씀드려 보겠습니다."

김명훈은 수현의 제안에 쉽게 대답을 할 수가 없었다.

하게 된다면 그보다 좋을 수는 없겠지만, 닭이나 칠면조도 아니고 멧돼지다.

비록 동남아에 서식하는 멧돼지가 한국 태백산에 서식하는 멧돼지보다 작은 종자라 하지만 그래도 야생의 멧돼지는 잡식성으로 무척이나 위험한 동물이다.

사냥하려다 자칫 부상을 당할 수도 있기에 김명훈으로서는 신중할 수밖에 없었다.

"그래, 그러는 것이 좋겠다."

멧돼지라는 말에 순간적으로 사냥할 생각에 들떠 있던 김정만도 김명훈 FD의 한발 물러난 대답에 정신을 차리고 그렇게 대답하였다.

"예, 알겠습니다. 그런데 EBC의 와일드 정글에서 야생 멧돼지 함정을 만들어 멧돼지 잡는 것을 보았는데, 그리 위험해 보이지는 않더라고요. 그저 멧돼지가 다니는 길목에 올무를 설치하고, 멧돼지가 그 길로 갈 수밖에 없도록 길을 막아놓는 것이 끝이더라고요."

수현은 이곳에 오기 전 자신이 찾아봤던 영국의 야생 다큐 와일드 정글의 주인공 베어 크린스가 동남아 무인도에서 조난당한 것을 상정하고 펼친 생존과 문명사회로의 복귀 과정에서 보았던 내용을 설명하였다.

그런 수현의 적극적인 설명에 잦아들었던 김정만의 승부욕이 살짝 되살아났다.

"그래? 이야기를 들으니 나도 와일드 정글의 주인공인 베어 크린스가 촬영한 것을 본 기억이 난다."

정글 족장 김정만의 또 다른 별명이 바로 한국의 베어 크린스이지 않은가? 김정만의 정글 라이프 런칭을 하기 전 많이 참고한 자료가 바로 생존 전문가 베어 크린스가 촬영한 와일드 정글이었다.

영국 EBC의 다큐 프로그램인 와일드 정글은 서바이벌 방송의 바이블이라 할 수 있는 프로그램이다.

그 때문에 김정만은 물론이고, 정글 라이프 연출진은 모두 그 프로를 전 시리즈에 걸쳐 다 보았다.

그러니 수현이 설명하는 것을 금방 캐치할 수 있었다.

"내 생각에도 그것이 좋을 것 같은데? 어차피 비가 이렇게 오는데, 오늘 낮에 할 것도 별로 없을 테니. 촬영을 위해선 뭐라도 해야지."

김정만은 자신의 이름을 걸고 하는 프로그램인 정글 라이프 촬영에 대한 걱정도 피력을 하였다.

아닌 게 아니라, 어제부터 계속되는 비는 빗줄기가 살짝 가늘어지기는 했지만 아직도 내리고 있었다.

날씨라도 맑으면 적은 인원이나마 바다 사냥 팀과 정글 채집 팀으로 나눠 촬영을 해볼 수도 있겠지만 비가 오는 관계로 그럴 수가 없었다.

그런데 수현이 멧돼지 흔적을 발견했다면서 멧돼지 사냥을 위해 올무를 설치하자고 제안을 해오니, 비록 비를 맞고 작업하는 것이지만 그건 어느 정도 가능해 보였다.

"알겠습니다. 민 PD님께 말씀드리겠습니다."

"그래, 될 수 있으면 하는 방향으로 한번 건의해 봐."

수현의 설명에 김명훈 FD도 넘어갔는지 처음 출연진들의 안전에 대해 걱정하던 태도에서 한발 물러나 긍정적인 반응을 내보였다.

됐다 싶자 김정만은 확실히 하기 위해 한 번 더 강조를 하였다.

김명훈 FD가 그렇게 수현의 제안을 담아 촬영 팀 숙영지로 떠나고, 수현은 아침 준비를 위해 채집해 온 카사바를 바닷물에 깨끗이 씻어서 일부는 반합에 야자수액과 함께 찌고, 일부는 아궁이 속에 넣어 구웠다.

Chapter 2

추가 게스트

"하아, 하아……."

저벅. 저벅.

"아오, 힘들다."

"고생들 하셨습니다."

"형님들, 고생하셨어요."

정글 속에서 걸어 나온 김정만과 출연진들은 누가 먼저라고 할 것 없이 숙영지로 돌아오자마자 다른 사람들을 챙기며 고생했다고 서로를 격려하였다.

그도 그럴 것이, 이들은 비가 오는 가운데 별로 먹은 것도 없으면서 멧돼지를 잡아보겠다고 정글 안으로 들어가 멧돼지 덫을 설치하고 돌아온 것이다.

정말이지 이번 정글 라이프 5주년 특집은, 하필이면 우기 막바지에 태풍이 발생한 때문에 촬영도 별로 하지 못하고 고생만 직사하게 하는 중이다.

그 때문에 김정만의 정글 라이프 출연진들은 물론이고, 촬영 팀까지 전체가 초비상이 걸렸다.

한국이라면 장마철에도 간간이 맑은 날씨가 나오겠지만 태풍의 영향권에 있는 필리핀의 일기는 그렇지 못했다.

우기의 마지막이 아쉬운 것인지 종일 장대비를 내렸다.

그나마 수현이 이른 새벽에 비를 맞아가며 홀로 섬을 돌아다니며 카사바와 파인애플을 구해 오지 않았다면 이들은 하루 종일 아무것도 먹지 못하고 굶었을 것이다.

"와! 이번 정글은 최악이다, 최악!"

유우진은 진창이 된 정글을 통과할 때 조금이나마 덜 힘들게 해주었던 지팡이를 한쪽에 집어 던지며 소리쳤다.

"맞아, 전에 마다가스카르에 갔을 때보다 더 심한 것 같아."

첫날 몸살로 촬영에서 빠졌던 전혜진은 아침이 밝자 합류하여 오늘 촬영에 같이 임했었다.

정글 여전사로 불린 그녀이지만, 이번 필리핀 촬영은 정말이지 첫날부터 안 맞아 너무도 힘들었던지라 유우진의 말에 장단을 맞췄다.

스타라이프

"일단 조금만 쉬었다가 나랑 미키, 그리고 수현이는 바다에 한번 다녀오자."

김정만은 지친 출연진들을 향해 그렇게 이야기하였다.

비를 맞으며 멧돼지 덫을 설치하고 돌아온 출연진들을 주욱 돌아보니 그나마 미키 김과 수현이 다른 사람들에 비해 혈색이 나은 듯 보여 그리 말을 한 것이다.

"알겠습니다."

"네. 그전에 먼저 오면서 캔 카사바라도 구워 먹죠."

수현은 김정만의 의견에 찬성하면서도 멤버들이 비를 맞으며 덫을 설치하고 돌아왔기에 분명 배가 고플 것을 생각해 그리 말을 한 것이다.

사실 수현이 덫을 설치하고 오는 도중 카사바 밭을 언급하지 않았다면 그나마 지금 굽고 있는 카사바도 없을 뻔하였다.

비를 맞으며 힘들게 멧돼지 덫을 설치한 탓에 멤버들 전체가 상당히 체력적으로 지쳐 있었다. 더욱이 먹은 것이라고는 어제 수현이 잡아 온 야생 닭 수프 조금과 카사바, 그리고 사탕수수 물 조금과 오늘 새벽에 수현이 구해 온 카사바 약간과 파인애플 몇 조각뿐이었다.

그렇기에 현재 김정만의 정글 라이프 출연진들의 영양 상태도 그렇고, 체력 또한 어제오늘 하루 종일 비를 맞아 별로였다.

그나마 수현이 발견한 카사바 밭이 덫을 설치하고 숙영지로 돌아오는 중간 즈음에 위치해 살짝만 돌아가면 갈 수 있는 곳이었기에 멤버들이 조금 힘이 들더라도 먹을 것을 구할 수 있다는 일념하에 카사바 밭으로 경유해 카사바 몇 뿌리나마 캐서 돌아올 수 있었다.

*　　　*　　　*

구운 카사바로 간단하게 요기를 한 김정만의 정글 라이프 출연진들은 어제오늘 종일 내리는 비 때문에 제대로 촬영 분량을 뽑지 못했기에 비를 맞으면서 다시 촬영에 들어갔다.

"담아."

"예."

"너는 우진이랑 혜진이, 그리고 광희까지 해서 주변을 좀 둘러봐. 뭐 좀 있나."

"예, 알겠습니다."

"그래, 그렇다고 비도 오는데 너무 무리하지는 말고."

정만은 어제 몸살로 고생을 했던 혜진과 하루 종일 낯빛이 좋지 못했던 광희를 걱정스러운 눈빛으로 쳐다보며 노담에게 당부를 하였다.

"너무 걱정하지 마시고, 오실 때 양손에 물고기 듬뿍 잡아 오세요."

옆에서 듣고 있던 유우진이 조금이나마 분위기를 바꿔보려고 농담 반, 진담 반 섞어서 이야기를 하였다.

"그래, 무리하지 말고. 다녀올게."

"네. 족장님하고 미키 오빠, 그리고 수현이, 위험하다 싶으면 빈손으로 와도 되니 무리하지 마시고 돌아오세요."

전혜진은 밤바다 사냥을 떠나는 김정만과 미키 김, 그리고 수현을 걱정스러운 눈빛으로 쳐다보며 당부하였다.

"알았다. 무리하지 않을 테니 걱정하지 말고."

"다녀오세요."

김정만은 애써 담담하게 대답을 하고는 몸을 돌렸다.

하지만 멤버들과 이야기를 할 때와 다르게 표정이 무척이나 비장했다.

그도 그럴 것이, 지금 촬영하는 프로그램의 주인이라 할 수 있는 존재가 누구인가. 바로 자신이지 않은가. 정글 족장이란 별명으로 불리는 자신이 어제오늘 정말로 족장으로서 부족원들에게 제대로 해준 것이 없었다.

다른 때는 부족원들이 고생을 할 때면 자신이 척척 사냥감도 잡아 오고 분위기도 잡아주고 했는데, 이번 촬영은 태풍 때문에 그 또한 지쳐 제대로 된 활약을 하지 못했다.

만약 국내 팬들에게 기사단장이란 별명으로 불리는 수현이 출연을 하지 않았다면, 어쩌면 이번 정글 라이프 촬영은 역대 최악의 시즌이 되었을 것이다.

다행히도 정글 라이프 첫 출연인 수현이 자신을 포함하여 여타 출연자들보다 더 많은 활약을 하며 부족원들을 챙겼기에 별다른 사고 없이 지금에 이르렀다.

그런 수현에게 고마움을 느끼면서도 한편으로는 족장으로서 부족원들을 챙기지 못한 자신에게 화가 났다.

그래서 각오를 다지며 비장하게 밤 사냥을 나가는 것이다.

＊　　　＊　　　＊

촤아촤아.

"그나마 어제보단 파도가 심하지 않다."

김정만은 바닷가에 나와 물안경을 쓰며 한마디 건넸다.

"그러게 말입니다."

어젯밤 김정만과 함께 밤 사냥을 나섰던 미키 김이 김정만의 말을 받았다.

"수현아."

김정만은 오리발과 물안경을 착용하고는 갑자기 수현을 찾았다.

묵묵히 사냥 준비를 하던 수현은 갑자기 김정만이 자신을 부르자 그를 돌아보았다.

"네."

"밤에 바다 사냥을 하는 것은 무척이나 위험하니 너무 멀리 나가지 말고 근처에서 사냥을 하자."

김정만은 정글 라이프에 처녀 출연을 하는 수현이 걱정스러워 미리 주의를 주었다.

"네, 알겠습니다."

수현은 김정만이 무엇 때문에 그런 당부를 하는지 알고 고개를 끄덕이며 대답을 하였다.

쏴아! 쏴아!

첨벙첨벙.

그들은 물속에서도 불을 밝힐 수 있는 방수 랜턴을 켜고 파도를 가르며 앞으로 나아갔다.

수현을 비롯한 김정만과 미키 김은 먼 바다가 아닌 섬 인근의 얕은 바다에서 사냥을 시작하였다.

하지만 계속되는 비 때문인지, 아니면 태풍의 영향 때문인지 바다 속은 많은 부유물 때문에 시야가 그리 좋지 못했다.

그렇지만 이들은 섬에 남겨진 부족원들을 위해 악천후를 뚫고 사냥을 계속하였다.

바다 속을 살피는 수현은 부유물 때문에 시계가 좋지 못하자 정신을 집중하기 시작했다.

비록 시력이 부유물 때문에 제 기능을 발휘하지 못하지

만, 높은 정신과 지능으로 인해 육감이 발달한 수현이다.

그러니 어둡고 시계가 불편한 바다 속이라 해도 다른 사람들만큼 그리 불편하지는 않았다.

흐릿하기는 하지만 물속에 물고기들이 움직이는 것이 느껴졌다.

'물고기다.'

얼마나 큰 물고기인지는 알 수 없었지만 그의 감각에 물고기가 산호의 틈 속에 숨어 있는 것이 느껴졌다.

수현은 숙영지에서 떠나기 전 준비한 작살을 산호 틈 속에 숨어 있는 물고기에 겨냥을 하였다.

늦은 시각이어서 그런지 물고기는 별로 움직임이 없었다.

'잘됐다. 조심해서…….'

작살 끝에 연결된 고무줄을 당겨 발사 대기를 하고는 천천히 물고기 근처까지 다가갔다.

그때까지 물고기는 위험도 느끼지 못하고 제자리에서 꼼짝도 하지 않았다.

슉.

파다다닥.

'명중.'

작살은 물고기의 바로 앞까지 접근을 한 상태에서 발사하였다.

그 때문에 물고기는 도망도 가지 못하고 수현이 발사한

작살에 그대로 꿰였다.

그런데 작살에 꿰이고도 물고기는 살고자 몸부림을 쳤다.

하지만 수현 또한 절실하기는 마찬가지였다. 그는 자신과 부족원들이 먹을 양식이기에 절대로 놓치지 않기 위해 작살을 더욱 깊이 찔러 넣었다.

"잡았다!"

그러고는 작살에 꿴 물고기를 번쩍 잡아 들며 소리쳤다.

"뭐? 뭐 잡았어?"

아직 사냥 개시도 못한 김정만과 미키 김은 수현의 고함 소리에 사냥을 중단하고 수현의 곁으로 하나둘 몰려들었다.

"뭐 잡았어?"

미키 김과 김정만이 다가오며 소리치자 수현도 얼른 대답하였다.

"네, 물고기 잡았어요. 조금 커요."

수현은 자신이 잡은 물고기를 들이밀며 소리쳤다.

"와! 대단하다. 이거 족장은 수현이에게 넘겨줘야 할까 보다."

김정만은 수현이 잡은 물고기를 보며 소리쳤다.

"뭐 이 정도 가지고 그래요."

수현은 김정만의 너스레에 겸연쩍게 미소 지으며 자신의 곁으로 다가온 촬영 팀이 타고 있는 보트에 잡은 물고기를 던져 넣었다.

그러고는 다시 사냥을 위해 물속으로 들어갔다.

그러자 마치 자기 최면을 하는 것처럼 김정만이 소리쳤다.

"오늘 저녁은 1인 1피쉬다!"

"예! 1인 1피쉬!"

"OK!"

김정만의 선언에 미키 김을 비롯해 잠시 물 밖으로 나온 수현도 호응하며 소리쳤다.

그런 세 사람의 모습에 종일 내리는 비 때문에 처져 있던 촬영 팀들도 힘이 나는지 활발하게 밤 사냥을 하는 세 사람의 모습을 카메라에 담았다.

얼마의 시간이 흘렀을까. 잠잠하던 바다에 김정만의 고함 소리가 퍼졌다.

"크레이 피시!"

물속에서 나온 김정만의 손에 30㎝ 정도의 크레이 피시가 들려 있었다.

김정만의 정글 라이프에서 그 맛이 해산물 중 1, 2위를 다투는 사냥감이다.

비도 오고 태풍의 영향으로 사냥이 쉽지 않은 환경 속에서 족장 김정만이 바다 최고의 먹거리 크레이 피시를 잡은 것이다.

"와우!"

크레이 피시란 소리에 사냥을 하다 말고 물속에서 몸을 일으킨 미키 김은 김정만의 손에 들린 크레이 피시를 보며 감탄성을 터뜨렸다.

정글 라이프에 그간 많이 출연하면서 크레이 피시를 이미 맛본 그는 김정만의 손에 들린 크레이 피시를 보며 입맛을 다셨다.

첨벙.

"저도 잡았어요."

김정만의 정글 라이프 애청자인 수현이 물고기에 이어 크레이 피시 사냥에까지 성공을 하였다.

그런데 수현의 손에 들린 크레이 피시는 조금 전 김정만이 잡은 크레이 피시보다 더 커 보였다.

"어! 수현이 대박!"

수현이 김정만에 이어 크레이 피시를 잡은 것은 물론이고, 족장 김정만이 잡은 것보다 1.5배는 더 커 보이는 크레이 피시 사이즈에 미키 김이 감탄을 터트렸다.

"이거 정말로 이번 기회에 족장 타이틀 수현이에게 넘겨주고 은퇴해야 할 것 같다."

김정만은 크레이 피시를 잡으면서 족장 명예 회복을 하겠구나 하고 자신 있게 소리쳤는데, 수현이 뒤이어 크레이 피시를 잡은 것은 물론이고, 자신이 잡은 것보다 더 큰 놈으로 잡아 오자 혀를 내두르며 농담 반 진담 반으로 말을 꺼냈다.

"무슨 그런 말씀을. 이런 것 다 족장님이 하시던 것 보고 배운 것들이에요."

수현은 빙그레 웃어 보이며 이야기하였다.

"생각보다 사냥감들이 많네요. 족장님 말씀처럼 1인 1피쉬 가능하겠는데요."

사냥을 시작한 지 30여 분 만에 물고기 한 마리와 크레이 피시 두 마리를 잡는 성과를 올린 것 때문에 수현은 기분이 좋아져 소리쳤다.

"그래, 그동안 고생했으니 오늘 저녁은 크레이 피시하고 물고기로 배 좀 채워보자."

어제는 실패했던 밤 사냥이 사냥을 개시한 지 30분 정도뿐이 지나지 않았는데 벌써 세 마리나 성공을 하자 김정만이나 미키 김, 그리고 수현도 기분이 한껏 들떴다.

그건 이를 찍고 있는 촬영 팀들 또한 마찬가지라 기분 좋게 웃으며 촬영을 계속했다.

*   *   *

한편, 김정만과 미키 김, 그리고 수현이 밤 사냥을 나가고 숙영지에 남은 다른 출연진들은 그들끼리 뭔가를 준비하기 시작했다.

"비 때문에 밤 사냥이 쉽진 않을 거야."

"맞아. 어제도 정만이 형하고 미키가 사냥 갔다가 허탕 치고 왔었잖아."

유우진과 노담은 그렇게 이야기를 하며 전혜진과 광희를 돌아보았다.

"그래요? 그럼 어제 먹은 닭은……?"

전혜진은 어제 병문안 왔던 그들이 준 음식들이 생각나 물어보았다.

사실 전혜진은 어제 자신이 먹었던 닭 수프와 카사바 맛 탕을 족장 김정만이 구해서 해준 것인 줄 알았다.

하지만 뒤이어 유우진으로부터 전날의 상황을 전해 들은 전혜진은 깜짝 놀랐다.

"그게 정말이에요? 수현 씨가 닭도 잡아 오고, 카사바에 사탕수수, 그리고 요리까지 다 했다고요?"

정글 라이프에 처음 출연하는 수현이 그 모든 것을 했다 는 말에 전혜진은 너무도 놀랐다.

"완전 1등 신랑감 아니냐?"

유우진은 전혜진을 돌아보며 은근한 목소리로 물었다.

"그걸 말이라고 해요. 와, 내가 나이만 조금 적었어도."

전혜진은 유우진의 말에 아깝다는 듯 입맛을 다시며 조금 전 수현이 떠난 자리를 돌아보았다.

"와, 난 농담으로 한 말인데. 너 그러다 수현이 팬들에게 조리돌림당한다."

유우진과 전혜진의 이야기를 듣고 있던 노담은 전혜진이 본인의 나이만 적었어도 수현에게 어떻게 해보겠다는 발언을 하자마자 놀라 표정으로 소리쳤다.

"호호호, 이거 왜 이러세요. 수현 씨 팬들은 그렇게 교양 없지 않아요. 농담과 진담도 구분하지 못하는 줄 아시나. 그리고 말이 나와서 하는 말이지만, 수현 씨 정도면 여자라면 나이를 떠나서 한 번쯤 꿈꿔볼 만한 사람 아닌가요?"

전혜진은 노담의 경고에 정색을 하며 정면에 설치된 1번 카메라를 보며 자신을 변호하듯 이야기를 늘어놓았다.

그런 전혜진의 열변에 카메라 주변에 모여 있던 여성 스텝들이 고개를 끄덕였다.

"와, 여성 스태프들 반응 봐라."

유우진은 전혜진이 카메라를 보며 변명을 할 때 카메라 뒤에 있는 여성 스태프들의 반응을 보고 떠들어 대며 자신의 분량을 확보하였다.

"자자, 그만 떠들고, 아까 보았던 카사바 밭에 가서 카사바 좀 캐 옵시다."

"네."

"카사바는 킵해놓고 다른 것도 좀 찾아보죠."

잠자코 있던 최광희가 간만에 의견을 내놓았다.

"그래. 카사바야 어디 있는 줄 아니 그건 킵해놓고, 다른 것 또 있는지 찾아보자."

의견이 모이자 이들은 자리에서 일어나 다 같이 정글로 들어갔다.

저벅저벅.

정글 안은 어두웠지만, 랜턴을 비추며 쉬지 않고 나아갔다.

쏴아아.

투둑투둑.

어제부터 계속된 비는 아직도 내리고 있었다.

다만 낮부터 빗줄기의 굵기가 조금 줄어들어 불편하기는 해도 어제보단 나았다.

"수현이는 이런 환경 속에서도 잘만 먹을 것들을 찾아내던데, 어떻게 된 것이 우리는 아직까지 하나도 찾아내질 못하냐."

정글 속으로 한참을 들어온 것 같은데 먹을 것을 하나도 찾아내지 못하자 유우진이 한탄을 하듯 소리쳤다.

"그러게 말이에요. 어떻게 하나도 보이질 않죠?"

"내 말이."

유우진을 비롯해 노담과 최광희는 진창인 정글 속을 돌아다니는 것이 점점 버거워오기 시작했다.

그리고 그건 여자인 전혜진 또한 마찬가지였다.

여전사라 불리기는 하지만 그것도 정상적인 날씨에서나

쌩쌩한 것이지, 어제는 몸살을 겪고 오늘은 하루 종일 먹은 것이라고는 의료팀이 있는 곳에서 촬영지로 돌아오기 전 먹은 수프 한 그릇뿐이었다.

그러니 진창길을 걷는 것이 힘들 수밖에.

"어, 과일이다."

그렇게 한참을 걷다 전혜진은 나무 위에 매달린 무언가를 발견하고 소리쳤다.

"파파야!"

"파파야다, 파파야!"

전혜진이 발견한 과일은 바로 파파야였다.

다만, 아직은 푸른색이 더 많은 덜 익은 파파야였다.

"어디."

파파야 중 약간 노란색이 나는 것 하나를 깎아 맛을 보았다.

"음."

"음."

"파파야가 원래 이런 맛이에요?"

덜 익어 그런지 맛이 살짝 떫으면서 심심했다.

그렇지만 하루 종일 먹은 것이 별로 없던 이들은 조금 떫기는 했지만 뱉을 정도는 아니라 그냥 모두 삼켰다.

"떫기는 하지만 먹을 만은 하니 일단 요 정도만 가져가자."

임시 족장이 된 노담은 아직 덜 익은 파파야이기에 굳이 많이 딸 필요를 느끼지 않아 현재 확보한 양만 가져가기로 했다.

그리고 이들은 다시 길을 떠나 또 다른 먹을거리를 찾아보았다.

그렇게 좀 더 힘을 내어 정글 숲을 탐사하던 이들은 파파야 외에 잘 익은 람부탄도 발견해 낼 수 있었다.

*   *   *

부우웅.

어두운 밤바다를 시원하게 가르는 모터보트에 탄 아름다운 여인 여성이 흥분과 두려움이 교차하는 표정으로 어딘가를 주시하고 있었다.

그런 그녀의 곁에서 30대 초반의 사내가 말을 걸었다.

"영아, 듣고 있는 거지?"

"네."

"비록 정글 라이프가 힘든 프로그램이기는 하지만 네게는 정말이지 기회가 될 것이다."

밤바다를 쳐다보고 있는 여인은 바로 올 여름에 NTV에서 중국, 한국, 일본 3개국의 연예인 지망생들을 뽑아 아이돌로 데뷔시키는 글로벌 프로젝트 '픽미업'에서 1위를 차지한 주영영이었다.

주영영은 이름에서도 알 수 있듯 중국인이었다.

원래 전통 무용을 전공하던 학생인데, 친구들의 권유로 '픽미업'에 신청했다가 발탁이 되었다.

총 인원 108명의 본선 진출자 중 1위부터 10위까지 연예계 데뷔를 할 수 있는 자격이 주어졌는데, 주영영은 그중 당당하게 1등을 차지하였다.

그녀는 무용을 전공하였기에 신체 비율이나 라인은 물론이고, 얼굴 또한 상당한 미인이었다.

그 때문에 중국인들은 물론이고, 한국, 일본에서도 시청자들에게서 많은 득표를 얻어 1등이 된 것이다.

하지만 프로그램이 끝나고 나자 그들의 인기는 마치 김빠진 맥주처럼 한순간에 사라졌다.

그도 그럴 것이, 프로그램이 진행될 때는 방송을 통해 노출이 되니 사람들의 관심이 모아졌지만, 최종 결선이 끝나고 나선 방송에 전혀 노출이 되지 않다 보니 이들에 대한 관심이 저절로 사라지는 것이다.

그건 자격을 따낸 1위부터 10위까지의 그녀들도 마찬가지였다. 연예계 데뷔를 준비하기 위해선 어쩔 수 없이 필요한 공백기이기는 했으나, 그 때문에 정작 준비를 끝내고 데뷔했을 때는 그들을 기억하는 이들이 얼마 남지 않았다.

시작은 거창하게 글로벌 아이돌 프로젝트라고 대대적으

로 선전을 했지만, 정작 데뷔를 하고 나니 용두사미가 된 격이다.

그래서 글로벌 프로젝트 팀은 부랴부랴 자신들의 실수를 만회하기 위해 백방으로 노력을 하였다.

그 결과, 1위를 한 주영영을 인기 예능 프로그램인 STV에서 방영하는 김정만의 정글 라이프에 출연시킬 수 있게 되었다.

정글 라이프 특성상 사실 이렇게 중간에 투입이 되는 경우는 흔치 않았다.

출발 전 사고로 뜻하지 않게 긴급 멤버 교체가 이뤄지는 게 아닌 이상 출연진의 추가 투입은 사실상 없다고 보는 것이 맞았다.

하지만 예외가 없는 일이란 없듯이, 김정만의 정글 라이프에도 예상외의 일이 발생을 하였다.

생각지도 못한 현지 날씨로 인해서 촬영은 시작부터 원활히 이뤄지지 않았다.

갑자기 발생한 태풍으로 인해 촬영 시작 날부터 계속 비가 내리는 바람에 원래 계획대로 촬영하지 못해 방송 분량이 너무나 부족했다.

이 때문에 긴급회의를 연 촬영 팀에서는 인원 보강을 하자는 의견이 나왔다.

하지만 아무나 김정만의 정글 라이프에 투입을 할 수 없었다.

어느 정도 인지도가 있는 스타를 섭외해야 하지만, 너무 급하게 투입을 하다 보니 제대로 된 연예인을 섭외하기가 어려웠다.

그도 그럴 것이, 연예인은 아무 때나 부른다고 다 섭외할 수 있는 것이 아니다.

웬만한 연예인들은 모두 스케줄이 있어 당장 필리핀으로 날아올 수 있는 연예인을 섭외하기란 만만치가 않았다.

이때, NTV 글로벌 프로젝트 팀의 귀에 이 소식이 들어 갔다.

거창하게 3개국 연예인 지망생을 뽑아 아이돌로 데뷔를 시켜놓고 준비 부족으로 망하게 생겼는데, 자신들이 준비한 아이돌을 선전할 수 있는 기회가 생긴 것이다.

김정만의 정글 라이프는 대한민국은 물론이고, 중국과 일본, 그리고 동남아에서도 방영이 되는 인기 프로그램이다.

아시아의 베어 크린스라 불리는 김정만의 인기는 물론이고, 그가 다른 연예인들을 이끌고 정글에서 생활하는 모습은 무한 경쟁인 도시 생활에 지친 현대인들에게 아름다운 자연 속에서의 생활을 꿈꾸게 만들어주었다.

즉 대리 만족을 할 수 있게 만들어주었다는 것이다.

그런 김정만의 정글 라이프에 출연할 수 있는 기회라는 것은, 주영영과 같이 이제 갓 데뷔를 한 신인에게는 언감생

심 욕심을 낸다고 해서 쉽게 주어지는 기회가 아니다.

더욱이 이번 촬영은 정글 라이프의 5주년 특집이지 않은가. 그 때문에 NTV 글로벌 프로젝트 팀은 인맥을 총동원했고, 겨우 주영영을 김정만의 정글 라이프에 출연시킬 수 있었다.

"알겠어요. 저와 저희 그룹을 확실하게 사람들에게 인식시키겠습니다."

매니저 실장인 최지훈의 이야기에 주영영은 각오를 확실히 다졌다.

* * *

"또 한 마리 잡았다."

밤 사냥을 시작한 지 벌써 한 시간이 훌쩍 넘었다.

사냥을 시작하고 정신없이 물고기를 잡다 보니 어느새 비가 그쳐 있었다.

"미키야! 수현아!"

김정만은 잡은 물고기를 촬영 팀이 타고 있는 보트 위에 던져 넣고는 미키 김과 수현을 불렀다.

푸하.

"네!"

한참 물속에서 물고기를 잡기 위해 살피고 있던 미키 김이 물 위로 나오고, 그 뒤로 수현도 손에 물고기 한 마리를 잡고 올라왔다.

"예? 부르셨어요?"

수현은 잡은 물고기를 배에 넣기 위해 다가오면서 대답하였다.

"시간도 그렇고, 물고기도 상당히 잡은 것 같으니 이만 돌아가자."

먼저 보트 위에 올라 배 안의 자신들이 잡은 물고기와 크레이 피시를 본 김정만이 소리쳤다.

"예, 알겠습니다."

거리가 좀 되는 수현은 얼른 대답부터 하였고, 보다 가까이 위치했던 미키 김이 먼저 보트 위로 올랐다.

사냥을 할 때는 몰랐는데, 사냥을 끝내고 나자 추위가 느껴져 비록 이곳이 섬에서 얼마 떨어지지 않은 얕은 바다였지만 몸이 떨려 물을 가르고 갈 여력이 부족했다.

그래서 올 때와 다르게 보트를 타고 돌아가기로 한 것이다.

사실 다른 시즌 때도 김정만의 정글 라이프에서 밤 사냥을 보여줄 때 중간에 편집이 되어서 그렇지, 가까운 연안에서 사냥을 하고도 배를 타고 돌아갔었다.

다만 그림이 좋지 않기에 그것은 편집을 하였던 것이다.

부우웅.

마지막으로 수현까지 오르자 배는 빠르게 바다를 가르며 이들이 처음 섬에 도착했을 때 접안을 한 곳으로 달렸다.

애초에 가까운 곳에서 물고기 사냥을 했었기에 배는 얼마 달리지 않아 곧 목적지에 도착하였다.

배에서 내린 김정만과 미키 김, 그리고 수현은 자신들이 잡은 물고기와 크레이 피시들을 자루에 담아 숙영지로 향했다.

*　　　*　　　*

"밤 사냥 팀이 올 시간이 되었는데, 왜 이렇게 안 오지?"

노담은 시간이 늦어지자 슬슬 걱정이 되었다.

아무리 김정만이 정글 베테랑이라 하지만 밤 사냥은 무척이나 위험한 일이다.

비록 안전 요원들이 주변에 대기를 한다고는 하지만 일기도 별로 좋지 못하고, 특히나 어제오늘 계속해서 내린 비로 인해 수온이 무척이나 내려간 상태다.

그러니 밤 사냥을 간 사람들이 걱정이 된 것이다.

"물고기가 잘 잡히지 않아 무리하는 것은 아닐까?"

노담의 말에 전혜진도 아직 돌아오지 않는 김정만과 미키 김, 그리고 수현이 걱정이 되어 걱정의 말을 해왔다.

"그러게 말이다. 물고기가 안 잡히면 그냥 돌아오지."

유우진도 슬슬 걱정이 되는지 한마디 하였다.

"여어!"

막 숙영지에 남아 있던 사람들이 한창 밤 사냥 팀을 걱정하는 말을 하고 있을 때, 저 멀리서 그들을 부르는 소리가 들려왔다.

하나같이 고개를 돌리자 저 멀리서 숙영지로 다가오는 불빛이 보였다.

"어? 돌아오나 보다."

"그러게. 그런데 소리치는 것을 보니 뭔가 잡았나 본데?"

노담과 유우진은 저 멀리서 보이는 불빛에 반응을 보이며 또다시 한마디씩 건넸다.

"그러게 말이에요. 목소리에서 뭔가 힘이 느껴져요."

전혜진도 뭔가를 느꼈는지 흥분하였다.

"뭐 좀 잡으셨어요?"

비도 와서 별로 기대를 하지 않고 기다렸는데, 자신들을 부르는 목소리에서 어떤 느낌이 오자 그녀는 약간의 기대를 가지고 물었다.

비록 자신들이 사냥 팀이 물고기 사냥에 실패할 것을 대비해 카사바와 과일들을 따 왔다고는 하지만 사실 이런 것들보단 고기가 먹고 싶었다.

정글에 오면 질리도록 먹는 물고기였지만, 이번 5주년

특집 촬영에 와서는 한 번을 먹지 못했다.

"짜잔!"

숙영지에 있던 멤버들이 기대에 찬 눈빛으로 자신들을 쳐다보자 수현은 빙그레 미소 지으며 뒤에 숨기고 있던 자루를 앞으로 내밀었다.

"와!"

물고기 한두 마리 정도를 상상했는데 눈앞에 커다란 자루가 보이자 노담을 비롯한 멤버들 모두 눈이 동그랗게 커지며 놀랐다.

"뭘 그렇게 많이 잡은 거야?"

노담은 수현이 내민 자루를 보며 외쳤다.

"한번 보세요."

수현은 자루의 입구를 열어 보였다.

그런 수현의 반응에 노담을 비롯한 멤버들이 수현의 주변으로 몰렸다.

그리고 이들을 찍고 있던 카메라도 자루를 집중적으로 클로즈업하였다.

"어? 크레이 피시다, 크레이 피시!"

"뭐! 크레이 피시?"

노담의 크레이 피시라는 말에, 지쳐서 별다른 리액션을 보이지 않던 최광희가 고개를 돌려 자루에 시선을 고정했다.

사실 정글 라이프에 처음 출연하는 수현을 빼면 모두 여러 번 정글 라이프에 출연을 했기에 다들 크레이 피시를 맛본 적이 있었다.

　그런데 유일하게 크레이 피시의 맛을 보지 못한 멤버가 바로 최광희였다.

　전혜진은 김정만의 정글 라이프에 딱 두 번 출연을 했었는데, 한 번은 아프리카 마다가스카르 편이라 그때는 크레이 피시를 먹어보지 못했다.

　하지만 그다음 2주년 특집에 출연을 할 당시에는 정글 진미라고 할 수 있는 크레이 피시를 맛볼 수 있었다.

　하지만 전혜진보다 두 배나 많은 4회 출연을 했었던 최광희는 남태평양의 섬 촬영을 두 번 했지만 한 번도 크레이 피시를 구경하기는커녕 먹어보지도 못했다.

　물론 크레이 피시와 함께 진미로 불리는 코코넛 크랩은 먹어보았지만 크레이 피시는 이야기로만 전해 들었다.

　그러니 크레이 피시라는 말에 급관심을 보이는 것은 당연한 수순이었다.

　"와! 이게 말로만 듣던 크레이 피시구나!"

　꼭 집게발이 없는 바닷가재같이 생긴 모습이었다.

　"와! 한 마리도 아니고 두 마리나 돼!"

　최광희는 자루 안에서 또 다른 크레이 피시를 꺼내 보이며 소리쳤다.

"물고기도 많다!"

자루 안에는 크레이 피시 두 마리를 비롯해 손바닥보다 큰 물고기가 무려 여섯 마리나 되었다.

"야아! 물고기도 크다. 월척인데!"

밤 사냥 팀이 잡아 온 크레이 피시와 물고기를 보며 유우진이 감탄사를 연발했다.

이 인근에 서식하고 있는 물고기들은 무엇을 그리 많이 주워 먹었는지, 잡아 온 물고기들의 상태가 상당히 좋았다.

"어서 손질해서 먹자."

김정만은 멤버들이 잡아 온 크레이 피시와 물고기들을 보며 감탄을 하는 동안 적당히 방송 분량을 뽑았다 생각이 들자 다음 진행을 하였다.

"고생했으니 손질은 우리들이 할게요."

전혜진은 밤 사냥 팀이 차가운 물속에서 고생했을 것을 생각해 얼른 나섰다.

"그래요. 차가운 물속에서 고생했으니 몸 좀 녹이고 있어요."

노담이 전혜진의 말에 덩달아 소리치며 자루를 넘겨받아 앞장서서 바닷가로 나섰다.

그런 노담의 뒤로 물고기를 손질할 칼을 준비한 전혜진이 따라나섰다.

그런 두 사람의 뒤로 조금 전까지 불 주변에서 병든 닭마냥 있던 최광희가 손질한 물고기를 담을 야자 잎으로 만든 핸드메이드 광주리를 들고 뒤따랐다.

"같이 가요."

그렇게 세 사람이 물고기 손질을 위해 자리를 떠나자, 이를 지켜보던 김정만이 빙그레 미소를 짓다가 수현을 돌아보며 말을 걸었다.

"이번 특집은 정글 라이프 특집이 아니라 기사단장 정수현 특집이야."

"그러게 말입니다. 수현이 오는 날부터 진짜……."

김정만과 개그맨 생활을 오래 같이한 유우진은 그가 무슨 이유로 그런 말을 했는지 금방 체크를 하고 얼른 말을 받았다.

아닌 게 아니라, 계속되는 폭우로 정글 베테랑인 김정만도 손도 못 대고 있었는데 수현이 집 짓기는 물론이고, 중간에 먹을거리를 잡아 오고 그것을 가지고 요리까지 선보였다.

그동안 김정만의 정글 라이프를 촬영하면서 정말 온갖 요리들을 맛보았다. 심지어는 프로 요리사가 한 요리도 있을 정도였다.

그럼에도 수현의 닭백숙은 별미였다.

비전문가임에도 수현이 해준 카사바 닭백숙은 전문 요리사가 해준 요리 못지않을 정도로 맛이 좋았다.

열악한 환경이라 쌀 대신 감자와 비슷한 카사바를 넣은 닭백숙은 그럼에도 하루 종일 내린 비로 얼었던 몸을 녹여 준 것은 물론이거니와, 닭백숙 전문점에서 사 먹는 것 이상의 맛을 가지고 있었다.

비주얼은 사실 조금 그랬지만 맛은 그 이상이었기에 돈을 주고라도 또 먹어보고 싶은 그런 요리였다.

그런데도 수현은 그것에 그치지 않고 다른 출연진들이 힘들지 않게 남모르게 솔선수범을 보였다.

새벽에 멤버들이 추울 것을 걱정해 중간에 일어나 불을 더 지펴주는 것은 물론이고, 아침거리를 위해 새벽부터 섬을 돌며 카사바와 파인애플을 수확해 왔다.

김정만의 정글 라이프를 촬영하면서 사실 그동안 아침은 생각하기 힘들었다.

정글 라이프라는 프로그램 성격상 매 끼니를 먹는다는 것은 말 그대로 불가능한 미션이다.

출연진의 먹을거리는 출연진들이 직접 사냥을 하거나 구해서 먹어야 한다는 것이 원칙이었다.

도시 생활에 익숙한 연예인들이 자연 그대로의 정글에서 먹을거리를 직접 구한다는 것은 무척이나 어려운 일이다.

그래도 그동안은 정글 베테랑인 김정만이 있기에 그나마 하루 한 끼는 먹을 수 있었는데, 이번 5주년 특집에서는 그것조차 어려웠다.

그도 그럴 것이, 아무리 김정만이 야생 생활에 익숙하다 해도 자연이 협조를 해주지 않는 데야 어쩔 도리가 없었다. 하루 종일 비가 와서 시계마저 좋지 않은 상태에서는 김정만조차 자신의 몸을 챙기는 것만도 일이었다.

그럼에도 억지로 야간 사냥을 나섰지만 물고기 한 마리 잡을 수가 없었다.

천하의 김정만이 그러할진대, 놀랍게도 처음 참여한 수현이 비를 맞아가면서도 야생 닭과 카사바를 구해 오고, 또 다음 날 새벽에는 멤버들에게 아침을 먹이기 위해 카사바와 파인애플을 구해 왔다.

그리고 밤 사냥에 나가서는 정글 진미인 크레이 피시를 비롯해 부족원들 각자 개인에게 한 마리씩 돌아갈 수 있을 정도로 물고기도 많이 잡았다.

비록 촬영한 건 이틀이지만, 다른 부족원들에 비해 활동량이 월등한 수현만큼은 충분할 만큼 촬영 분량을 뽑았을 것이다.

아마 편집을 하다 보면 제작진도 알 수 있을 것이다.

정글 라이프의 간판인 김정만보다 더 많은 활약을 한 것이 수현이었다는 것을 말이다.

* * *

김정만을 비롯한 부족원들이 엉성하게 만든 테이블 주변에 모였다.

테이블 위에는 숙영지에 남아 있던 노담을 비롯한 세 사람이 정글 속에서 구해 온 카사바와 과일들이 놓여 있었다.

그리고 그 옆에는 잘 구워진 물고기와 크레이 피시가 놓였다.

꿀꺽.

누구의 입에서 난 소린지는 알 수가 없었지만 부족원 모두 인식하지 못할 만큼 음식들이 놓인 테이블에 집중하고 있었다.

"와! 이게 얼마 만에 보는 푸짐한 저녁상이냐?"

체격에 맞게 먹는 것에 특화된 노담이 정글 라이프에서 맡고 있는 역할대로 테이블 위에 놓인 음식들을 보며 소리쳤다.

"그러게. 정글 라이프 촬영 역사상 이렇게 푸짐한 밥상은 처음이다."

김정만도 테이블 위에 놓인 음식들을 보며 자신도 모르게 그런 말을 하였다.

5년이라는 시간은 절대로 짧은 시간이 아니다.

5년 동안 정글 라이프를 촬영하면서 김정만은 많은 것들을 경험하였다.

그중에는 하루 종일 아무것도 먹지 못해 쫄쫄 굶은 적도 있었고, 어떤 때는 물고기 한 마리 가지고 부족원들이 나눠 먹은 적도 많았다.

그런데 이렇게 보기만 해도 배가 부를 정도로 음식을 푸짐하게 쌓아놓았던 적이 있었나 생각해 보면 그런 적은 단 한 번도 없었다.

모두 부족한 상태에서 적은 양이나마 부족원들이 나눠 먹었던 기억뿐이다.

"형님들, 감탄은 그만하고 어서 먹어요. 배고파 미치겠어요."

테이블 위에 놓인 음식들을 두고 계속해서 구경만 하고 있자니 더욱 배가 고파지는 것 같아 최광희가 소리쳤다.

꼬르륵.

아닌 게 아니라 진즉부터 뱃속에서 밥을 달라고 소란이 일었다.

사실 그들이 먹은 것이라고는 어제 닭백숙 조금과 오늘 아침 카사바와 파인애플이 전부다.

즉 힘든 정글 생활을 버티기에는 영양 상태가 부족했다.

그런데 눈앞에 맛있는 냄새가 풍기는 음식들을 푸짐히 늘어놓고도 구경만 하고 있으니 자연스럽게 신체에서 밥을 달라고 반응이 이는 것은 당연했다.

"그래, 먹자!"

정글 라이프의 족장인 김정만이 최광희의 재촉에 막 저녁을 먹으려고 할 때였다.

"안녕하세요."

어두운 숲속에서 배낭을 멘 아름다운 여성이 이들에게 접근하며 인사를 하였다.

"어?"

"누구?"

"와! 주영영이다."

"주영영?"

다른 부족원들은 지금 자신들에게 인사를 하는 사람이 누구인지 알지 못했지만, 족장인 김정만은 지금 들어온 사람이 누구인지 사전에 PD인 민주홍에게 정보를 들어서 알고 있었다.

날씨 때문에 정상적인 촬영이 불가능했기에 남은 촬영 기간 동안 더 많은 그림을 담기 위해 특별 게스트를 불렀다고 말이다.

이는 김정만도 수긍을 한 바였다.

그간 태풍 때문에 방송 촬영을 제대로 하지 못했다.

편집을 하게 된다면 아마도 이틀간 촬영한 것 가지고는 1회 분량도 간신히 맞출 것이란 생각이 들 정도로 촬영을 많이 하지 못했다.

그러니 새로운 멤버를 중간에 추가 투입한다고 해도 뭐라 말을 할 수 없었다.

"안녕하세요. 여러분의 달콤한 여자 친구 캔디걸의 영영입니다."

주영영은 정글 라이프 부족원들에게 속한 그룹과 자신의 이름을 정식으로 소개하였다.

"아! 글로벌 아이돌 프로젝트 1등 주영영!"

"오! 대륙의 요정!"

주영영의 정식 소개가 있자 그제야 그녀가 누구인지 알게 된 부족원들은 일제히 그녀를 환영했다.

"저녁은 먹었어요? 안 먹었으면 여기 와서 같이 먹어요."

소개가 끝나고 부족원들은 그녀에게 관심을 보이며 가운데로 인도를 하였다.

사전에 이야기를 듣지는 못했지만 그녀가 무엇 때문에 이곳에 왔는지는 미루어 짐작이 가능했다.

"와우, 행운의 요정이 도착했다!"

유우진은 주영영을 보며 갑자기 소리쳤다.

"행운의 요정?"

"그렇지 않아요? 어제오늘 그렇게 쏟아지던 비도 그쳤지요, 어제는 실패했던 밤 사냥이 오늘은 이렇게 푸짐하게 성공을 했지요. 이게 다 무엇 때문이겠습니까?"

"무엇 때문인데?"

유우진과 노담은 만담을 하듯 말을 주고받으며 분위기를

띄웠다.

그런데 떠드는 유우진의 말이 궁금증을 불러일으키자 부족원들은 그의 말에 귀를 기울였다.

뭔가 그럴듯한 이야기가 나올 것 같았기 때문이다.

그리고 그건 촬영 팀 또한 마찬가지였다.

안 그래도 갑자기 새로운 부족원이 투입되는 상황인데, 어떻게 투입을 해야 자연스럽게 기존 부족원 속에 녹아들게 할 것인지 무척이나 고민하고 있던 찰나였기 때문이다.

뚜렷한 방안이 생각나지 않아 우선 정글 라이프 출연진들의 방송 경력이 상당하기에 그들을 믿고 기다리고 있었는데, 역시나 유우진이 한 건 해주었다.

"이게 모두 행운의 요정이 올 것을 아시고 하늘에서 요정을 영접하라고 마련해 주신 것이야."

새로운 부족원이 들어온 것에 말도 안 되는 이유를 가져다 붙이는 유우진의 말에 부족원들은 모두 기막혀 했다.

그리고 그건 새롭게 투입된 주영영 또한 마찬가지였다.

하지만 자신을 행운의 요정이라고 부르는 유우진의 말이 내심 좋았다.

사실 이곳에 오는 내내 주영영은 무척이나 걱정이 많았다.

느닷없이 끼어드는 자신을 기존 멤버들이 어떻게 받아들일지 걱정이 됐던 것이다.

그런데 이렇게 대대적으로 환영을 해주니 너무도 고마웠다.

"그래, 네 말대로 행운의 요정이 오셨으니 하늘님도 앞으로 우리 부족을 위해 축복을 내려주실 것이다."

김정만은 유우진의 말에 빙그레 미소를 지으며 소리쳤다.

"족장님, 축복보다는 일단 먹을 것을 내려주십시오."

어느 정도 분위기가 익자 최광희가 얼른 끼어들었다.

모두가 바라던 일이었기에 최광희의 말이 끝나기가 무섭게 중단되었던 저녁 식사가 다시 시작되었다.

"맛있다!"

"크레이 피시! 역시 정글 진미 1위야!"

크레이 피시를 비롯해 잘 구워진 물고기와 풍성한 과일들을 곁들인 저녁 식사는 정글 부족원들에게 크나큰 기쁨을 선사하였다.

Chapter 3

멧돼지 사냥

늦은 시각, 사람들이 모두 잠들었음에도 아직 잠을 자지
않고 바쁘게 일하는 이들이 있었다.

그들의 정체는 다름 아닌 김정만의 정글 라이프 제작진이
었다.

김정만의 정글 라이프 공식 촬영이 끝나고 출연진들이 모
두 잠들자, 이들은 따로 모여 촬영 회의를 열었다.

"명훈아."

"예."

"오늘은 좀 건졌냐?"

민주홍 PD는 FD인 김명훈을 보며 물었다.

오늘도 하루 종일 비가 왔지만 김정만과 정글 부족원들이 낮에는 멧돼지 덫을 설치하고, 저녁에는 정글 탐사 팀과 밤 사냥 팀으로 나눠 촬영을 했기에 하는 질문이었다.

"예. 낮에 멧돼지 덫을 설치한 것도 그렇고 김정만 족장과 미키 김, 그리고 로열 가드의 수현이 간 밤 사냥은 완전 대박이었습니다."

김명훈은 자신이 따라간 촬영에 대한 이야기를 하면서 눈을 반짝였다. 그만큼 이날 촬영은 그간의 부진을 만회할 만큼 이야깃거리가 풍성했다.

"수현은 이번이 정글 첫 촬영인데 무슨 어려운 점은 없다고 하든?"

촬영에 대한 이야기를 하다 보니 민주홍 PD는 문득 걱정이 되었다.

사실 이번 5주년 특집은 정글 라이프에 다수 출연을 했던 경험자들 위주로 촬영을 하고 싶었다.

하지만 많은 출연자들이 제의를 고사하는 바람에 어쩔 수 없이 한 번도 출연을 하지 않았던 수현을 섭외하게 되었다.

만약 섭외가 가능한 다른 출연자가 있었다면 민주홍 PD는 아무리 인기가 많은 대세 아이돌이라고 해도 굳이 처음 정글 촬영에 임하는 수현을 섭외하지는 않았을 것이다.

그런데 다른 때는 자신이 출연을 요청하면 기꺼이 승낙하던 이들이 공교롭게도 하나같이 출연을 고사했다.

민주홍 PD가 섭외하려던 이들은 때마침 다른 프로그램에 섭외가 되었거나, 방송 섭외가 되지 않았다 해도 최근 힘든 스케줄을 끝내고 휴식기에 들어간 이들이었다. 그러니 아무리 그가 요청을 해도 고사할 수밖에 없었다.

그 때문에 어쩔 수 없이 민주홍 PD는 아이돌 중에서 정글 라이프에 어울릴 만한 스타를 알아보다 보니 결국 수현에게까지 오게 된 것이다.

겉으로야 충분히 어울리고도 남을 조건을 갖췄지만, 체력이 어지간한 사람이라도 쉬이 적응하기 어려운 것이 정글 생활인지라 민주홍 PD는 여간 염려가 되는 게 아니었다.

"어휴, 그런 게 뭐예요. 오히려 수현이 없었다면 이번 특집은 진짜 저희 모두 시말서 쓸 뻔했습니다."

김명훈 FD는 수현의 이름이 거론되자 기다렸다는 듯이 입을 모아 칭찬을 하기 시작했다.

"어제는 모두 비를 맞아 힘들어하는 와중에도 혼자 사냥도 해 왔죠, 또 사냥을 해 온 야생 닭으로 요리를 해서 출연진들을 즐겁게 해주었죠, 오늘 새벽에는……."

수현이 방송 촬영에 어떤 도움을 주었는지 하나하나 예를 들어가며 칭찬하는 김명훈 FD였다.

끝이 보이지 않는 김명훈의 이야기를 모두 듣고 난 뒤 민주홍 PD나 다른 스텝들은 아이돌인 수현에 대해 다시 생각하게 되었다.

그러면서 촬영 내내 자신들이 본 수현에 대해 다시 한 번 돌아보는 계기가 되었다.

'맞아, 그러고 보니 촬영을 하는 내내 한 번도 불만을 내보인 적이 없었지.'

김명훈 FD로 인해 수현이 오늘까지 보여주었던 행동들에 대해 생각해 보니 정말로 그의 말처럼 수현은 고생하는 내내 한 번도 촬영에 대한 불만을 토로하지 않았다.

다른 출연자들은 간간이 촬영이 힘들다고 불평을 하기도 했고, 정글 라이프의 주인 격인 김정만도 계속되는 비로 인해 잠깐 촬영이 중단될 때면 힘들다는 기색을 내비쳤다.

그런데 출연진 중에서 유일하게 단 한 번도 불만을 내비치지 않았던 이가 바로 수현이었다.

수현이야 남들보다 월등한 신체 스탯 때문에 하루 종일 내리는 비나 그로 인해 진창이 된 땅을 걸어도 전혀 힘들지 않았다.

아니, 오히려 적당한 저항감에 운동이 되는 것 같아 좋아하였다.

그런 모습들이 촬영 스텝들에게는 수현이 정글 라이프를 즐기는 것처럼 느껴졌다.

"맞아, 수현은 정말로 정글이 체질인 것 같아."

스텝들은 하나둘 자신이 느낀 수현에 대해 이야기를 꺼내 놓기 시작했다.

이런 스텝들의 이야기를 듣던 민주홍 PD는 머릿속에 어떤 그림이 그려졌다.

다른 때라면 족장인 김정만을 위주로 출연진들을 배치해 촬영된 영상을 편집했을 것인데, 이번 5주년 특집만큼은 족장인 김정만보다 더 활약하는 신입 부족원의 모습을 대대적으로 선전하는 그림이었다.

그러면서 5주년 특집에 대한 타이틀도 번뜩하고 떠올랐다.

'그래, 그거야. 족장을 쉬게 하자. 좋았어!'

태풍의 영향으로 고생을 한 족장과 부족원들, 그 속에서 족장을 대신해 열심히 활약을 하는 신입 부족원의 모습이 머릿속에 떠오르면서 이번 5주년 특집을 더욱 특별하게 만드는 계획이 머릿속에 그려졌다.

"알았어. 그러면 내일은 수현에게 단독으로 카메라 한 대 붙이고 촬영을 해봐."

"알겠습니다."

민주홍 PD가 수현에게 카메라를 붙이라는 언급을 하자 김명훈 FD는 계획에 대해 자세히 알지 못하면서도 바로 대답을 하였다.

수현으로 인해 자신들이 조금은 편해진 것에 대한 보상을 줄 수 있을까 하는 마음으로 조금이라도 많은 방송 분량을 확보해 주기 위해 얘기를 꺼냈는데, 다른 스텝들도 자신과 비슷한 생각을 한 것인지 수현에 대해 많은 칭찬을 쏟아냈다. 그 바람에 민주홍 PD도 순순히 그의 의견에 찬성을 해주자 힘차게 대답을 하는 것이다.

오늘 촬영에 대한 얘기가 마무리되자, 곧바로 다음 날 일정에 대해 회의가 진행되었다.

"내일 참치잡이 배는 섭외가 된 것이지?"

참치잡이는 김정만의 정글 라이프 촬영에 빠지지 않는 주제다.

물론 참치를 잡을 수 있는 촬영지에서만 말이다.

그리고 필리핀 인근에서도 참치잡이는 이루어진다.

비록 다른 지역의 참치보단 조금 작은 사이즈이기는 하지만 필리핀 연안도 참치잡이를 할 만한 어장이기에 도전하는 것이다.

5년이 되어가는 김정만의 정글 라이프 촬영 중 참치를 잡은 사례는 단 한 차례도 없었다.

참치의 사촌 격인 어종은 몇 번 잡았지만 참치로 명명되는 물고기는 아직까지 잡지 못했다.

참치는 농어목 고등엇과 다랑이속에 속한 물고기로 정식 명칭은 참다랑어다.

참치에는 참다랑어 말고도 가다랑어, 날개다랑어, 황다랑어, 황새치, 청새치 등이 있다.

필리핀 연안에서는 참다랑어나 황다랑어, 청새치 등이 주

로 잡히는데, 민주홍 PD는 이번 기회에 한 번도 성공하지 못한 참치 사냥이 성공하기를 기원하며 참치잡이를 준비했다.

이는 김정만도 원하는 바였다.

한 번도 참치잡이에 성공하지 못한 만큼 잡아내겠다는 열망이 어마어마했기에, 이번 5주년 특집을 준비하면서 참치잡이는 우선적으로 기획에 포함되었다.

특집 기획에 어느 정도 취지가 맞기도 했지만, 이번 기획이 김정만에게 휴가를 준다는 의미가 담겨 있기 때문이었다.

"실수 없도록 내일 날이 밝으면 다시 한 번 점검해 봐."

"알겠습니다."

5주년 특집의 하이라이트는 바로 김정만의 참치 사냥이었다.

그러니 그림을 완성하기 위해선 참치잡이 배를 수배하는 것에서부터 시작이었다.

제작 팀이 바다에 나갈 준비를 모두 갖춰놓으면, 나머지는 촬영 팀의 실력과 하늘의 뜻에 달려 있는 것이다.

"그러면 내일 두 팀으로 나눠 참치잡이를 촬영할 팀과 섬에 남아 멧돼지 사냥에 따라갈 팀으로 나누도록 하지."

오늘 낮에 힘들게 설치한 만큼 멧돼지 덫도 결코 빼고 싶지 않은 아이템이다.

원래는 계획에 없던 것이지만, 수현이 우연찮게 섬에 멧돼지가 있는 것을 발견하고는 건의한 덕분에 추가되었다.

　안 그래도 그림이 부족했던 만큼 할 수 있는 촬영은 모두 해놓는 편이 나중에 방송 분량을 뽑아내기 한결 수월할 것이다.

　그렇게 늦은 시각까지 스텝들은 내일 촬영을 위해 준비할 것들을 하나하나 점검하며 회의를 이어갔다.

*　　　　*　　　　*

　부스럭부스럭.

　주영영은 바뀐 잠자리로 인해 잠을 이루지 못했다.

　어제까지만 해도 편안한 침대에서 잠을 잤기에, 익숙지 않은 땅바닥에서 잠을 자려니 몸 여기저기가 다 불편해 자꾸 뒤척이고만 싶었다.

　하지만 모두 잠이 든 상태에서 괜히 움직였다가 다른 사람들이 쉬는 것을 방해할까 봐 이러지도 저러지도 못하고 그저 누워서 잠을 청했다.

　이곳에 오는 내내 긴장을 해서일까? 잠을 이룰 수 없을 거라 생각했으나 주영영은 어느 순간 잠에 빠져들었다.

　그런 주영영을 주시하는 사람이 있었다.

　작은 인기척 소리에 잠이 깬 수현이었다.

이제 열아홉 살인 어린 소녀가 연예인이 되기 위해 자신의 나라도 아닌 타국에서 오디션을 보고 활동을 시작하였다.

잠시 촬영이 끝났을 때 이야기를 들어보니 그녀는 자신이 속한 팀을 홍보하기 위해 촬영에 임했다고 한다.

그런 이야기를 들어서 그런지 연예인에 대한 부정적인 생각을 가지고 있던 수현이지만 주영영을 도와주고 싶은 생각이 들었다.

그래서 잠자리라도 편하라고 자신의 자리를 양보하였다.

그럼에도 주영영은 자리가 불편한지 자꾸 뒤척였다.

어린 친구가 고생을 한다 싶어 주의 깊게 살피던 중 다행히 주영영이 잠이 드는 것을 보고는 아궁이에 마른 나무를 조금 더 집어넣고는 자신도 잠을 청했다.

부스럭.

'또 누구지?'

막 잠이 들려던 수현은 또다시 들려오는 인기척 소리에 다시 눈을 떴다.

이번에는 족장 김정만이었다.

그도 주영영이 잠자리가 불편해 뒤척인 소리를 들었나 보다.

수현은 잠에서 깬 사람이 주영영이 아니라 김정만임을 알고는 신경을 끄고 잠을 청했다.

한편, 족장으로서 별다른 활약을 못했던 김정만은 수현의 짐작대로 조금 전 신입 부족원인 주영영이 잠자리가 불편해 뒤척인 것을 느끼고 잠에서 깼다.

물론 주영영 걱정 때문에 잠이 깬 것만은 아니다.

자신의 이름을 걸고 하는 프로그램에서 비록 일기가 좋지 못했다고는 하지만 제대로 활약을 하지 못했다. 이것은 두 말할 것 없이 본인이 못한 것이다.

아이돌인 수현은 신입이면서도 자신보다 더 확실하게 활약을 보여주었다.

역대 정글 라이프 출연자들 중에서 가장 뛰어난 활약이 아닐까 하는 생각이 들 정도다.

그래서 아까 밤 사냥을 나갔을 때 조금 무리를 했던 것이다.

어제오늘 종일 비가 온 때문에 사실 바다에 들어가 물고기를 잡기에는 수온이 너무도 차가웠다.

하지만 족장으로서 이틀 연속 사냥에 실패하고 돌아가니 자신을 기다리는 부족원들을 볼 면목이 없었다.

그래서 그랬다.

결과적으로 보자면, 이를 악물고 사냥을 한 것은 큰 소득이 있었다.

어제는 비록 실패했지만 오늘은 물고기와 크레이 피시를 사냥함으로써 족장의 면을 세울 수 있게 되었다.

스타라이프

물론 얻는 것이 있으면 잃는 것도 있다고, 부족원들에게 족장으로서 체면을 세울 수는 있었지만 그 대가로 건강을 잃었다.

감기에 걸린 것이다.

아직 심한 것은 아니지만 제대로 조치를 하지 않으면 내일 큰 낭패를 볼 수도 있을 것이다.

그걸 김정만이 어떻게 아느냐 하면, 사실 별거 없다. 정글에서 다년간 촬영을 하다 보니 노하우가 쌓여 저절로 감이 잡히는 것뿐이다.

그래서 다음 날 컨디션을 유지하기 위해 남들이 모두 자는 시간에 잦아든 불씨를 조금 더 키우려고 중간에 깬 것이다.

물론 겸사겸사 부족원들도 살피고 말이다.

다행히 부족원들은 별 탈 없이 잘 자고 있었다.

'나만 조심하면 되겠군.'

김정만은 그렇게 본인과 부족원들의 컨디션을 체크한 뒤, 아궁이에 마른 나무토막을 몇 개 더 넣고는 자신의 자리로 돌아가 잠을 청했다.

그렇게 수현과 김정만은 밤사이 부족원들에게 탈이 나지 않게 아궁이에 불씨가 잦아들 때마다 번갈아가며 일어나 불을 지폈다.

*   *   *

쏴아. 쏴아.

잔잔한 파도 소리가 울리고 아직 어둠이 다 걷히지 않은 때 수현이 일어났다.

오늘도 어김없이 가장 먼저 한 기상이었다.

평소에도 별로 잠이 없는 수현은 오늘도 다른 사람들보다 먼저 일어나 간단한 도수체조를 하였다.

"안녕하십니까? 로열 가드의 수현입니다. 오늘도 저와 함께 섬을 탐방해 보겠습니다."

수현은 기상하자마자 오늘도 어제처럼 카메라를 한 대 분리하여 섬 탐방에 나섰다.

"오늘은 비가 그쳤습니다. 보시죠."

비가 오지 않는 것을 확인시켜 주기 위해 수현은 손에 든 카메라를 들어 주변을 찍고 또 아직 별이 지지 않은 새벽하늘을 촬영하였다.

"TV에서 보던 것처럼 밤하늘에 별들이 너무도 선명하게 보입니다."

그제, 어제는 비 때문에 별을 보지 못했는데, 비가 그친 덕분에 무인도에서 별을 볼 수 있게 되자 수현은 불현듯 이상한 기분에 휩싸였다.

"정말이지 도시에서는 느낄 수 없는 오묘한 기분이 드

네요."

저벅. 저벅.

혼자 카메라를 보며 떠드는 것이지만 수현은 전혀 지루하지 않았다.

다른 사람은 모두 잠든 시각 혼자 대자연을 만끽한다는 느낌에 힘이 저절로 났다.

"오! 오늘도 파인애플을 아침으로 먹을 수 있겠네요."

어제와 반대 방향으로 돌아보던 중 이번에도 파인애플을 발견한 것이다.

"여기는 파인애플 밭이네요. 주변에 파인애플이 많습니다. 하나둘……."

수현은 파인애플이 가득한 주변을 카메라에 담았다.

하지만 수현은 발견한 파인애플을 모두 따지는 않았다.

파인애플 중 가장 잘 익은 두 개만 따서 숙영지에서 가지고 나온 자루에 담았다.

"파인애플도 수확했으니 다시 출발하겠습니다."

저벅. 저벅.

얼마를 걸었을까. 수현은 가던 길을 멈추고 어딘가를 주시했다.

"오! 피타야입니다. 일명, 드라곤 후르츠 또는 용과라고도 불리는 것으로, 맛도 좋고 당뇨에도 좋은 과일입니다."

뷔페에 가면 디저트 코너에 나오는 열대 과일을 발견한

수현은 그것을 카메라에 담고는 얼른 수확을 하였다.

조금 전 카메라에 대고 설명을 한 것처럼 용과는 맛도 좋을 뿐만 아니라 건강에도 무척이나 좋은 과일이다.

수현은 새로운 먹거리도 찾고 섬의 풍경을 보다 다양하게 담기 위해 어제와 반대로 섬을 돌면서 먹을거리를 찾았는데, 생각지도 않게 오늘은 어제보다 더 많은 종류의 과일들을 발견할 수 있었다.

"오늘 아침은 과일이다."

자루 가득 열대 과일들을 담은 수현은 즐거운 기분으로 섬 탐방을 마치고 숙영지로 돌아갔다.

＊　　　＊　　　＊

"어, 잘 먹었다."

유우진은 아침부터 카사바와 잘 익은 열대 과일로 아침을 해결하자 입가에 미소를 지으며 소리쳤다.

"그러게. 오늘 아침도 수현이 덕에 잘 먹었다."

"이번 촬영은 수현이 덕에 아침도 먹을 수 있고, 정말 PD님 말대로 휴가를 온 것 같네요."

"맞아. 첫날 비 때문에 고생을 하기는 했지만, 수현 씨가 있어서 정글 라이프 촬영에선 생각도 못했던 아침도 먹고 좋네요."

부족원들은 수현 덕에 아침마다 든든하게 밥을 먹을 수 있어 너무도 기분이 좋았다.

더욱이 다른 때는 그냥 맨바닥에 나뭇잎만 깔고 자느라 새벽에 냉기가 올라와 추위로 고생을 했다.

그런데 이번 촬영에서는 수현의 제안으로 바닥에 온돌을 놓은 덕에 따뜻하게 잠을 이룰 수 있었다.

따뜻한 잠자리에 아침밥까지, 이 두 가지만으로도 이번 김정만의 정글 라이프는 이전 촬영에 비해 호텔 수준으로 촬영이 격상되었다.

"뭘요. 정글에서는 자신이 할 수 있는 일을 해야 생존할 수 있다고 나오던데요."

수현은 자신을 칭찬하는 부족원들에게 본인이 정글에 오기 전 찾아보았던 서바이벌 프로그램들에서 전문가들이 하던 말을 인용했다.

생존을 위해 팀원들 모두 각자가 할 수 있는 일을 적극적으로 해야 한다는 것과 절대로 자신이 맡은 임무는 무조건 이행을 해야지, 다른 사람에게 미루게 되면 단체의 생존과 자신의 생존에 큰 위험이 발생한다고 말이다.

실제로 생존 다큐멘터리를 보면 전문가들은 다들 그렇게 이야기했다.

수현은 이러한 전문가들의 조언에 따라 자신이 할 수 있는 것들을 할 뿐이었다.

그런데 그것에 대해 칭찬을 듣자 수현은 겸연쩍게 미소를 지었다.

"잠시 안내 말씀 드리겠습니다."

아침밥을 먹고 이야기를 나누는 부족원들 사이로 민주홍 PD가 끼어들었다.

"무슨 일이죠?"

김정만은 촬영 중 갑자기 끼어드는 민주홍 PD에게 시선을 던지며 의문을 표했다.

"예, 오늘 오후 일정에 대해 말씀드리려는 것입니다."

민주홍 PD는 그제, 어제 비 때문에 촬영을 많이 하지 못한 것을 만회하기 위해 오늘 참치잡이만큼은 꼭 성공하는 모습을 카메라에 담고 싶었다.

그래서 일부러 조금 무리하게 일정을 당기기로 하였다.

"그동안 저희가 참치잡이에 도전을 했지만 지금까지 한 번도 성공하지 못했지 않습니까?"

진지하게 참치잡이에 관해 이야기하는 민주홍 PD의 말에 김정만은 잠시 표정이 숙연해졌다.

그도 그럴 것이, 그동안 여러 차례 참치잡이에 도전을 했었다.

하지만 단 한 번도 성공을 하지 못하고, 그저 도전하는 장면만 주구장창 방영했을 뿐이다.

그런데 이번에 또다시 참치잡이에 도전한다는 민주홍

PD의 말에 김정만은 이번만은 기필코 성공하리라, 새로이 각오를 다졌다.

"그래서 일정을 조금 당겨 출발하려고 합니다."

"네? 그럼 육지 사냥과 바다 사냥을 동시에 하러 간다는 것입니까?"

참치잡이 계획이 변경되었다는 민주홍 PD의 이야기에 듣고 있던 노담이 질문을 던졌다.

원래 계획대로라면 오전에 멧돼지 덫을 확인하러 간 김에 멧돼지 사냥을 하고, 성공하든 실패하든 점심을 먹고 조금 쉬다 참치를 잡으러 바다에 나가기로 했었다.

그런데 민주홍 PD가 계획을 바꾼 것이다.

때문에 바뀐 계획에 따라 팀을 나눠야만 오늘 일정을 소화할 수 있었다.

"네. 이번에는 참치 잡는 모습을 꼭 촬영하고 싶어서 참치잡이를 좀 이른 시간에 나가서 더 많은 시간을 바다에서 보낼 생각입니다."

민주홍 PD는 자신의 욕심을 그대로 출연진들에게 이야기를 하였다.

"그런데 그렇게 되면 멧돼지 사냥 팀이 위험하지 않을까요?"

모든 부족원이 함께하기로 했는데, 이제 와 인원을 나눈다고 하니 육지에 남아 멧돼지 사냥을 하러 가는 팀의 안전이 우려가 되었다.

그렇다고 기껏 멧돼지 덫까지 설치를 했는데 확인도 않고 그냥 멧돼지 사냥 도전을 포기한다면, 어제 촬영한 것들을 모두 날리게 될 수도 있었다.

가뜩이나 이틀 연속된 비로 인해 촬영에서 건질 그림이 얼마 없는데, 어제 반나절을 투자한 멧돼지 덫 설치와 사냥 계획이 그대로 날아간다면 이번 촬영에 지장이 클 수도 있었다.

그것을 우려한 목소리가 나오자 민주홍 PD는 제작 회의에서 이미 나왔던 우려의 말이라 어제 세웠던 대책을 내놓았다.

"네, 그래서 팔라완 족 사냥꾼을 섭외했습니다. 그들이 함께하니 크게 위험하지는 않을 겁니다."

민주홍 PD는 부족원들이 육지 사냥 팀과 바다 사냥 팀으로 나뉘는 문제로 안전이 우려가 되자 촬영 회의 끝에 외부에서 인원을 확보해 안전을 보장하는 것으로 해결을 보았다.

그래서 지금 김정만의 물음에 그에 대한 대책을 내놓는 것이다.

"그렇다면야."

부족원들이 수긍하는 분위기이자 족장인 김정만도 받아들였다.

"알겠습니다. 그럼 저희는 그렇게 알고 육지 사냥과 바다 사냥으로 팀을 나누도록 하겠습니다."

그 뒤 정글 라이프 부족원들은 숙영지에 만든 집에 옹기종기 모여 회의를 열었다.

멧돼지 덫과 사냥을 위해 육지에 남을 인원과 바다로 나가 참치를 잡을 인원을 나누는 회의를 하려는 것이다.

"어떻게 할까?"

가장 먼저 족장인 김정만이 운을 뗐다.

프로그램의 간판인 본인은 어찌 되었든 정글 라이프의 장기 프로젝트 아닌 프로젝트인 참치잡이에 빠질 수는 없었다.

그러니 자신은 바다 사냥 팀에 두고, 육지 사냥 팀에 대한 부족원들의 의견을 물은 것이다.

족장인 김정만의 물음에 부족원들은 각자 다른 부족원들의 눈치를 보기 시작했다. 아무래도 사냥꾼을 섭외해 놨다고는 하지만 육지 사냥 팀의 안전 문제가 마음에 걸린 것이다.

마치 대학의 조별 과제를 놓고 총대를 메기 싫어 눈치를 보는 것과 같았다.

부족원들이 눈치를 보느라 자신의 의견을 내놓지 않자 수현이 먼저 자신의 생각을 밝혔다.

"멧돼지 사냥을 처음 제안한 것이 저이니 전 멧돼지 사냥 팀으로 가겠습니다."

수현이 먼저 의견을 내놓자 다음으로 미키 김도 자신의 생각을 김정만에게 이야기하였다.

"참치잡이도 좋지만, 멧돼지 사냥은 위험하니 다른 사람들보단 제가 남는 것이 좋을 것 같습니다. 저도 수현이와 함께 남겠습니다."

그렇게 수현과 미키 김이 나섬으로써 멧돼지 사냥을 갈 육지 사냥 팀 남자 부족원은 결정이 되었다.

자동으로 노담과 유우진이 바다 사냥 팀으로 결정되었다. 확실히 팀을 나누고 보니 노담이나 유우진이 멧돼지 사냥에는 적합하지 않을 수도 있다는 생각이 들었다.

의도치는 않았지만 딱 알맞은 팀 멤버였다.

"그럼 혜진이하고 영영이가 남았는데, 둘 중 누가 육지에 남을 것인지 말해줄래?"

김정만은 남자 부족원들의 팀이 모두 정해지자 여성 부족원인 두 사람의 의견을 물었다.

그러자 전혜진이 주영영을 돌아보았다.

"영영아."

"네?"

"넌 어느 팀에 들어가고 싶어? 난 아무 팀이나 상관없으니 네가 골라."

전혜진은 멧돼지 사냥 팀이나 참치 사냥 팀 어느 곳이든 상관이 없었다.

그래서 결정권을 신인인 주영영에게 넘겼다.

이 또한 어젯밤에 긴급 투입된 신입 부족원에 대한 분량 확보 차원에서 배려를 한 것이었다.

"그럼 전 육지 사냥 팀으로 가겠습니다."

주영영은 자신도 모르게 살짝 수현의 옆모습을 돌아보다 멧돼지 사냥을 가는 육지 사냥 팀으로 가겠다고 의견을 밝혔다.

"호! 알았어. 그럼 난 바다 사냥 팀이네? 전 바다 사냥 팀으로 합류할게요."

사실 전혜진은 이때 다른 사람들이 보지 못한 것을 보았다.

신인인 주영영이 무엇 때문에 육지 사냥 팀으로 가겠다고 한 것인지 주영영의 행동을 보면서 알 수 있었다. 그래서 흔쾌히 바다 사냥 팀으로 가겠다고 한 것도 있었다.

'확실히 육지팀이 든든하고 또 보기도 좋지.'

비주얼적으로 보자면 참치잡이를 가는 바다 사냥 팀보단 멧돼지 사냥을 가는 육지 사냥 팀이 얼굴이나 몸매가 훨씬 나았다.

부족장인 김정만이나 유우진, 그리고 노담은 개그맨 출신이다 보니 참 개성적으로 생겼다.

그에 반해 육지 사냥 팀에 있는 미키 김이나 수현은 일단 두 사람 다 모델을 할 정도로 키나 외모 면에서 월등했다.

또 배우로서도 어느 정도 인기를 가지고 있고, 특히나 수현의 경우 현재 대한민국에서 가장 인기를 끌고 있는 아이돌 그룹의 리더이면서 또 기대되는 신인 배우로서도 주가를 올리고 있다.

특히나 여름에 있었던 이종격투기 이벤트 경기에서 일본 선수를 KO시키면서 주가가 더욱 올라 방송 여기저기에서 수현을 섭외하기 위해 난리도 아니었다.

그러니 두 사람과 함께 육지 사냥 팀에 합류한다면 그림이 잘 나올 것이 분명했다.

뿐만 아니라 수현은 보는 것만으로도 호감이 일게 만든다.

전혜진도 나이만 조금 더 어렸다면 어떻게 대시라도 해보았겠지만 한참 연하인 관계로 일찌감치 포기하였다.

'그래, 잘해봐라.'

속으로 주영영을 응원하면서 전혜진은 바다 사냥 팀으로 합류를 하였다.

$$* \qquad * \qquad *$$

서걱. 서걱.

수현은 불가에 앉아 나무를 깎았다.

"수현 오빠, 뭐 하세요?"

수현이 나무를 뾰쪽하게 깎고 있는 모습을 본 주영영이 고개를 갸웃거리며 그의 곁으로 다가와 물었다.

바다 사냥 팀과 육지 사냥 팀을 나누고 난 뒤 바다 사냥 팀이 일찍 참치잡이를 위해 나서자, 수현은 곧바로 멧돼지 덫을 확인하러 가지 않고 숙영지 주변을 돌며 나무를 살피 더니 적당한 굵기의 곧고 긴 나무를 얼마쯤 잘라 와 그것을 깎고 있었다.

"응, 사냥에 나가기 전에 무기를 만들고 있어."

"무기요?"

무기를 만든다는 수현의 말에 주영영은 더욱 눈을 동그랗 게 뜨며 물었다.

"비록 한국이나 중국에 출몰하는 멧돼지보다야 작다고는 하지만 멧돼지는 무척이나 위험한 동물이야."

수현은 이 작은 섬에 멧돼지가 있다는 것이 놀랍기도 하 고, 안 그래도 식량이 부족했는데 잘됐다 싶어 이번 사냥을 추진하기는 했지만 멧돼지의 위험성을 잊은 것은 아니다.

아니, 섬이 작으니 멧돼지가 천적 없이 이곳에서 군림하 면서 당연 흉포할 거라 예상하고 있었다.

현재 자신들이 보유한 무기라고는 짧은 단검과 손도끼뿐 이라, 때문에 안전을 확보하기 위해 그것들보다 조금 더 긴 무기가 필요하다는 생각에 현재 그는 무기를 만드는 중이었다.

수현은 잘라 온 나무들의 껍질을 벗기고, 끝을 뾰족하게 깎아 창처럼 만들었다.

그렇게 만든 목창을 불에 살짝 구워 수분도 날렸다.

그 이유는 나무의 수분을 날려줌으로써 목창의 강도를 조금 더 높이기 위해서다.

물론 날붙이가 있었다면 더 좋았겠지만, 현재 그런 것이 없는 관계로 그저 나무 막대를 뾰족하게 깎아 날카롭게 하고 수분을 날려 강도만 높이는 수준으로 목창을 만드는 것이다.

이렇게 만든 목창은 사실 큰 효용은 없다.

어지간한 힘이 아니면 날도 없는 단순하게 깎아 만든 목창으로는 야생 멧돼지의 두꺼운 피부를 뚫을 수 없다.

하지만 수현은 본인의 근력을 믿기에 목창 다섯 개를 만들었다.

이중 두 개는 자신과 함께 멧돼지 사냥을 갈 미키 김과 주영영의 몫이었다.

아무것도 들지 않고 멧돼지 사냥을 갔다간 어떤 위험을 초래할지 모르기 때문에 이들의 안전을 위해 나눠 준 것이다.

솔직히 혼자 있었다면 목창이 아니라 맨손으로도 멧돼지 사냥을 할 자신이 있었다.

이미 자신의 신체 능력은 인간의 능력을 벗어나 있는데다 태권도를 비롯한 무술들까지 마스터했기에 자신의 신체를 지키는 것은 물론이고, 맹수와 맨몸으로 싸워도 이길 자신이 있다.

그렇지만 현재 자신은 TV 예능 촬영을 위해 이곳에 있기에 상식선에서 멧돼지 사냥을 하기 위해 목창을 준비하였다.

수현은 단순하게 목창만 준비한 것이 아니라, 껍질을 벗긴 것에서 내부 껍질을 따로 벗겨 노끈을 만들었다.

그리고 그렇게 만든 노끈을 이용해 조금 더 굵은 밧줄을 만들어 적당한 길이의 돌팔매를 만들었다.

수현이 이것을 만든 이유는 목창의 파괴력을 더욱 높이기 위해서였다.

돌팔매 줄에 만든 목창을 끼워 던진다면 손으로 던진 것보다 더 힘을 받아 멀리 날아가기 때문이다.

모든 준비가 끝나자 수현은 자리에서 일어났다.

"미키 형, 준비 끝났어요."

"그래? 그럼 이제 갈까?"

"네, 우리도 이제 출발하자고요."

"그러자."

미키 김은 사냥 준비가 끝났다는 말에 김명훈 FD에게 상황을 알렸다.

"저희 준비되었습니다. 이제 출발하죠."

"알겠습니다."

사냥에 따라갈 제작 팀들이 차비할 수 있게 미리 알리는 것이다.

물론, 촬영은 이미 진행되고 있었다.

김명훈은 수현이 멧돼지 사냥을 가기 전 준비할 것이 있다며 무언가를 만들 때부터 일련의 과정을 모두 카메라에 담았다.

수현이 목창을 만들고 돌팔매를 만드는 모든 과정을 카메라에 담으며 그는 표현은 안 했지만 수현이 너무도 예뻤다. 활동 기간이 그리 오래되지 않았음에도 방송에 대해 아주 잘 아는 듯이 꼭 필요한 일들을 해 보이는 것이다.

만약 카메라만 아니라면 달려가 수현의 볼에 뽀뽀라도 해 주고 싶었는데, 그럴 수 없었다.

"VJ들, 준비해 주세요."

김명훈은 멧돼지 사냥을 나가는 팀을 따라나서며 촬영할 VJ들에게 소리쳤다.

정글 라이프 숙영지는 한순간에 어수선해졌다.

오전 참치를 잡기 위해 바다 사냥 팀이 떠난 뒤 한동안 조용했던 숙영지는 육지 사냥 팀이 멧돼지 사냥에 돌입한다는 소식에 또 한 번 분주해졌다.

＊　　　　＊　　　　＊

"멧돼지가 덫에 걸려 있을까요?"

어제 비를 맞으며 멧돼지 덫을 설치했다는 이야기를 들었던 주영영이 멧돼지 덫이 있는 정글 속으로 걸어가며 물었다.

"그러면 좋겠지만, 아직 모르겠다."

수현은 덫에 멧돼지가 걸려 있을 것이라 장담할 수 없었다.

본인도 덫을 설치하는 동영상을 보고 연습을 한 적은 있어도 실제로 사냥을 위해 설치한 것은 이번이 처음이기 때문이다.

"덫에 멧돼지가 잡혔으면 좋겠어요."

주영영은 이야기하면서도 살짝 두려운 마음이 이는 듯 목소리가 살짝 떨렸다.

사실 주영영은 멧돼지 사냥이 아닌 참치잡이에 따라가고 싶었다.

함께 온 매니저가 배를 타고 올 때, 족장인 김정만을 따라다녀야 카메라에 많이 잡힐 것이라 말을 했었기 때문이다.

하지만 주영영은 그러지 못했다.

물론 미키 김이나 수현의 외모가 어느 정도 작용하기는

했지만 가장 크게 작용한 것은 따로 있었다.

사실 주영영은 물에 대한 공포가 있었다. 그렇기 때문에 바다 사냥 팀에 가지 않은 것이다.

그녀는 어릴 적 여름, 바다에 갔다가 파도에 휩쓸려 죽을 뻔한 경험을 한 뒤로 바다를 무서워하게 되었다.

이곳에 촬영을 위해 올 때는 밤늦게 오느라 어두워서 바다가 잘 보이지 않았기에 별다른 느낌이 없었는데, 날이 훤히 밝고 보니 바다에 나가는 것에 거부감이 들었다.

그래서 육지 사냥과 바다 사냥 중 고르라는 전혜진의 말에 육지 사냥 팀을 선택했던 것도 있었다.

하지만 육지 사냥이라고 해서 두려움이 없는 것은 아니다.

다른 짐승도 아니고 야생의 멧돼지이지 않은가? 멧돼지는 잡식성으로 풀이나 과일 등도 먹지만 뱀이나 작은 짐승도 잡아먹는다.

그리고 사람도 두려워하지 않고 공격하기도 한다.

그러니 웬만한 성인 남성도 멧돼지를 마주하게 되면 무조건 피해야 안전을 보장할 수 있었다.

"너무 걱정하지 마. 미키 형이나 나도 있고, 또 저기 사냥 전문가도 있으니 안심해."

수현은 두려움에 살짝 얼어 있는 주영영을 안심시키기 위해 노력을 하였다. 그러다 한창 덫을 설치해 놓은 장소로 이동 중인 상황에서 갑자기 제자리에 멈춰 섰다.

"정지."

"무슨 일이야?"

앞장서서 걷고 있던 미키 김이 수현을 돌아보며 물었다.

"멧돼지 소리를 들은 것 같아요."

수현은 미키 김에게 자신이 들은 멧돼지 울음소리에 대해
이야기하였다.

"그래? 난 못 들었는데, 확실한 것이야?"

미키 김은 멧돼지 울음소리를 들었다는 수현의 이야기에
고개를 갸웃거렸다.

그는 숲을 걸어가며 어떤 소리도 기척도 못 들었기 때문
이다.

"분명히 들었어요. 덫이 있는 쪽이 아니라 조금 아래쪽인
것 같아요."

못 들었다는 미키 김의 이야기에도 수현은 자신의 주장을
굽히지 않았다.

솔직히 조금 전에 들은 멧돼지 소리는 수현이기에 들을
수 있는 소리였다. 그렇기에 다른 사람은 알아채지 못한 것
이다.

"조금 돌아서 멧돼지를 덫을 설치한 곳으로 몰이를 하
죠."

멧돼지라고 사람을 발견한다고 무조건 달려드는 것은 아

니다.

야생 짐승은 위협을 느끼면 일단 도망을 친다.

그러다 막다른 곳에 다다르고 자신이 피할 수 없다고 판단이 되었을 때 덤벼드는 것이다.

물론 그건 멧돼지 정도나 그렇지, 호랑이나 표범과 같은 맹수는 또 다르다.

호랑이나 표범은 전형적인 포식 맹수다.

잡식성인 멧돼지와는 성향부터가 달랐다.

어찌 됐든, 지금 근방에 있는 맹수는 멧돼지였다.

그러니 수현은 미키 김에게 멧돼지가 있는 쪽을 넓게 포위를 한 다음 자신들이 어제 설치해 둔 덫으로 유도하자는 의견을 냈다.

"알았다. 저기 사냥꾼들에게 이야기하고 올게."

미키 김은 육지 사냥 팀의 임시 족장이 되었기에 먼저 나서서 사냥꾼들에게 의견을 냈다.

미키 김의 이야기를 들은 현지 사냥꾼은 고개를 갸웃거리며 그의 의견에 따랐다.

어차피 자신들은 이들에게 고용된 입장이라 사냥에 성공을 하든, 아니면 실패를 하든 일당만 받으면 되기 때문에 조금 귀찮긴 해도 이들의 의견에 따르기로 했다.

사냥꾼들이 먼저 아래쪽으로 내려가 넓게 퍼졌다.

이에 VJ 한 명도 사냥꾼을 따라 내려갔다.

이들의 모습이 방송에 송출될 때 편집이 될지, 아니면 그대로 방송에 나갈지는 알 수 없지만, 일단 촬영을 해둬야 했기 때문이다.

그렇게 사냥꾼들이 미키 김의 의견대로 멧돼지 소리가 들린 곳보다 더 멀리 퍼져 포위를 하듯 넓게 서자, 수현도 사냥꾼들 옆자리에 자리를 잡았다.

가장 바깥쪽은 주영영이, 그리고 수현과 주영영의 중간에는 미키 김이 서고, 다음 수현과 전문 현지인 사냥꾼 순으로 늘어섰다.

이런 장면은 함께 따라온 VJ의 카메라에 모두 담겼다.

"몰이 시작하세요!"

수현이 모두가 들을 수 있게 크게 소리쳤다.

수현의 고함 소리에 현지 사냥꾼도 수현을 따라 고함을 지르며 앞으로 걸어갔다.

사전에 약속이 되어 있었기에 현지 사냥꾼도 잘 알아듣지는 못해도 눈치 빠르게 분위기상 어떻게 해야 할지 알고 있는 듯 행동하였다.

요란한 소음을 내며 걷기 시작한 지 얼마나 되었을까? 갑자기 전방의 수풀 속에서 무언가가 튀어나와 도망치는 것이 포착되었다.

"멧돼지다."

수현의 말대로 멧돼지가 근처에 있었던 것이다.

수풀 속에 숨어 있던 멧돼지는 소음과 함께 사람들이 모습을 드러내자, 위협을 느끼고 이들이 나타난 반대 방향으로 냅다 도망을 쳤다.

그곳에 자신을 잡기 위한 덫이 설치돼 있다는 것도 모르고 말이다.

"와아! 미키 형, 멧돼지가 그쪽으로 빠져나가지 못하게 살짝 몰아주세요!"

수현은 멧돼지가 도망치는 방향이 덫에서 살짝 벗어나려고 하자 미키 김에게 소리쳤다.

그런 수현의 고함 소리에 미키 김도 수현의 지시대로 움직이며 소리쳤다.

"알았다. 영영아! 달려!"

"아아!"

휘익.

타닥타닥.

찌걱찌걱.

햇볕이 내리쬐고 있다고는 하지만 그제, 어제 내린 비로 인해 땅이 아직도 젖어 있어 달리는 것을 무척이나 방해하였다.

그렇지만 그들은 멧돼지를 잡겠다는 일념에 힘든 것도 잊고 멧돼지를 추적했다.

＊　　　＊　　　＊

꾸익꾸익.

타다다닥.

질척한 진흙탕에서 진흙 목욕을 즐기던 멧돼지는 갑작스럽게 들리는 인기척에 놀라 도망부터 쳤다.

우왁우왁.

파다닥. 팍. 팍.

주변에서 들리는 커다란 소음과 나뭇가지가 잘려 떨어지는 소리는 멧돼지에게는 너무도 생소한 소음이었다.

그래서 그 소리와 멀어지기 위해 마구 달렸다.

그렇게 한참을 달리던 멧돼지는 자신의 앞을 가로막는 장애물을 만났다.

꾸익.

장애물 벽을 따라 달리던 중에 작은 틈이 보였다.

멧돼지는 단순히 뒤에서 들리는 소음과 멀어지기 위해 무작정 그 틈 속으로 파고들었다.

하지만 그 선택이 잘못되었다는 것을 깨닫게 되기까지는 그리 오래 걸리지 않았다.

꾸에엑. 꾸에엑.

목을 조여오는 무언가로 인해 멧돼지는 고통스러운 신음을 흘렸다.

＊　　　＊　　　＊

꾸에엑. 꾸에엑.

"잡혔다! 멧돼지가 덫에 걸렸다!"

한참 멧돼지를 몰던 중 덫이 있는 쪽에서 멧돼지의 울음 소리 들리자 수현이 크게 소리쳤다.

"와! 와아!"

수현과 함께 넓게 포위망을 형성해 멧돼지를 몰던 미키 김이나 주영영도 이번에는 멧돼지의 울음소리를 들었다.

멧돼지가 덫에 걸렸다는 생각에 그들은 자신도 모르게 흥 분해서는 환호성을 질렀다.

타다다닥.

이들의 발걸음이 더욱 빨라졌다.

꾸에엑. 꾸에엑.

덫을 설치해 둔 곳에 도착을 하니 정말로 멧돼지가 덫에 걸려 몸부림치고 있었다.

파다닥파다닥.

얼마나 격렬하게 덫에서 빠져나가기 위해 몸부림을 치는 지, 멧돼지를 덫이 있는 곳으로 몰기 위해 설치해 둔 나무 울타리가 그 힘을 견디지 못하고 부서졌다.

"모두 조심하세요."

뒤늦게 현장에 도착한 김명훈 FD는 덫에 걸린 멧돼지가 과격하게 몸부림치는 모습에 멧돼지를 잡기 위해 모여든 부족원들에게 경고를 하였다.

휘익.

수현은 멧돼지가 덫을 벗어나기 위해 몸부림치는 걸 보고 들고 있던 목창을 돌팔매에 걸어 던졌다.

팟!

꾸엑!

날아간 목창이 덫에 걸려 몸부림치던 멧돼지의 몸에 정확하게 꽂혔다.

목에 걸린 올무에서 느껴지던 불편함 이상으로 몸에 불을 지진 듯한 고통이 느껴지자 멧돼지는 죽는다고 비명을 질렀다.

휘익!

수현은 또다시 목창을 돌팔매에 걸고 재차 멧돼지에게 날렸다.

꾸에엑! 꾸엑!

이번에도 여지없이 목창은 멧돼지의 몸에 정확하게 꽂혔다.

그 때문인지 멧돼지는 조금 전보다 더 커다란 비명을 질렀다.

그리고 자신의 운명을 아는 건지 조금 전보다 더욱 요란하게 몸부림을 쳤다.

우지직!

이때, 멧돼지의 목을 조이던 올무와 연결된 나무가 멧돼지의 몸부림을 이기지 못하고 뿌리가 뽑혀 버렸다.

연일 계속되는 비로 인해 지반이 질척해져 멧돼지의 몸부림을 제대로 지탱하지 못하고 뽑힌 것이다.

만약 오늘과 같이 맑은 날씨가 며칠만 계속되었더라면 올무가 연결된 나무는 이 정도 충격에 뽑히지 않았겠지만 지금은 지반이 약해진 탓에 견디지 못하였다.

그렇게 자신의 움직임을 제안하던 것이 풀리면서 멧돼지는 살기 위해 도망을 쳤다.

"까악!"

그런데 하필 멧돼지가 도망을 친 방향에는 주영영이 있었다.

주영영은 덫을 향해 다가오던 중 갑자기 멧돼지가 자신이 있는 방향으로 달려오자 자신도 모르게 비명을 지른 것이다.

"움직이지 마!"

비명을 지르는 주영영에게 수현은 다급하게 소리를 질렀다.

부상을 입은 멧돼지가 혹시나 흥분해 주영영을 들이받을지도 모르기에 얼른 주의를 준 것이다.

하지만 성난 멧돼지가 자신을 향해 달려오자 주영영은 본능적으로 사람들이 있는 쪽으로 도망쳤다.

한편, 덫에서 벗어난 멧돼지는 정신없이 도망을 치다 자신의 앞에서 커다란 물체가 움직이는 것을 보았다.

꾸엑.

움직이는 물체를 본 멧돼지는 본능적으로 그 물체가 자신을 죽이려 덫을 놓고 상처를 준 존재라 여겼다.

덫에서 벗어날 때만 해도 살기 위해선 무조건 도망을 쳐야 한다 생각했는데, 눈앞에서 약한 상대를 보자 분노가 불같이 일어났다.

꾸에엑.

멧돼지는 달리던 방향을 틀어서는 주영영이 도망치는 방향으로 달렸다.

경고를 했음에도 주영영이 본능을 이기지 못하고 도망치자 수현은 지체하지 않고 주영영을 향해 달렸다.

타다다닥.

휘익.

수현은 주영영이 있는 방향으로 달리면서 마지막 남은 목창을 던졌다.

이번에는 너무 다급한 상황이라 조금 전처럼 돌팔매에 걸고 던질 시간적 여유가 없었다.

휘이익. 팍.

목창은 멧돼지의 몸이 아닌 멧돼지가 달리던 방향 앞쪽에 꽂혔다.

비록 처음 목적을 이루지는 못했지만 멧돼지 앞쪽에 꽂히는 바람에 멧돼지가 달리던 속도를 살짝 줄일 수 있었다.

"미키 형, 창 좀 빌릴게요."

수현은 자신과 주영영 사이에 위치한 미키 김을 지나치면서 그가 들고 있던 목창을 뺏듯 잡아챘다.

"어!"

순식간에 일어난 일이었지만 미키 김은 반사적으로 목창을 들고 있던 손에서 힘을 뺐다.

덕분에 달려오던 속도를 줄이지 않고도 목창을 낚아챈 수현은 다시 한 번 멧돼지를 향해 던졌다.

도망치는 주영영 가까이로 멧돼지가 다가온 것을 보았기 때문이다.

조금만 지체해도 어떤 상황이 벌어질지 모르는 긴박한 상황에서 수현이 던진 목창은 주영영을 덮치려던 멧돼지의 앞다리를 맞췄다.

하지만 이번에도 정확하게 맞추지는 못하고 살짝 빗겨갔다.

그래도 수현이 던진 힘을 받아 어느 정도 타격이 있었던 것인지, 멧돼지의 달리던 속도가 줄어들었다.

휘익.

속도를 줄인 멧돼지로 인해 추적을 무사히 따돌린 주영영은 어느새 수현과 교차를 하였다.

수현은 자신의 옆으로 지나가는 주영영을 외면하고 곧바로 쫓아오는 멧돼지에게 몸을 날렸다.

자신이 던진 목창을 두 방 이상이나 맞고도 여전히 사납게 날뛰는 멧돼지에게 몸을 날린 수현은 멧돼지의 목에 팔을 감았다.

꾸익.

갑자기 목이 졸린 멧돼지는 비명을 지르며 몸부림쳤다.

다시 한 번 목이 졸리자 또다시 덫에 걸린 줄 알고 비명을 지르는 것이다.

수현이 주영영을 쫓던 멧돼지에게 몸을 날려 조르기를 하자 그 주변에 도착한 사람들은 이러지도 못하고 저러지도 못하고 그저 결과가 나오길 지켜보았다.

꾸익. 꾸익.

그사이에도 수현은 조금 더 멧돼지의 목을 조였다.

켄고 무사시와 이벤트 경기를 하기 전 격투기 체육관에서 데니스 장에게 배웠던 리어 네이키드 초크였다.

뒤에서 상대의 경동맥을 졸라 뇌로 흐르는 산소의 흐름을 막아 상대를 제압하는 기술이다.

전설에 의하면 영웅 헤라클레스가 테스피아이의 왕 테스피오스의 부탁으로 맨손으로 사자를 잡을 때 이 기술을 썼다고 한다.

사자의 반격을 받지 않고 제압을 하기 위해선 사자의 등에 올라타 뒤에서 한 팔로 사자의 목을 감싸고 또 다른 한 팔은 사자의 뒤통수를 밀며, 앞뒤로 조이면서 뇌로 흐르는 피의 흐름을 막아 산소 공급이 되지 않은 뇌가 뇌사에 이르게 만들었다는 전설이다.

실제로 뇌는 7초만 넘어가도 뇌세포가 괴사를 일으키고 그 이상 지속되면 목숨이 위험해진다.

수현은 당시 수업을 받을 때 이런 설명까지 들어가며 배웠기에 잊지 않고 있었다.

Chapter 4

정글에서 바비큐 파티

"와아! 우와!"

야생 멧돼지가 숨이 끊어진 것을 느낀 수현이 목을 감고 있던 팔을 풀고 자리에서 일어나자 주변에 모여 있던 미키 김이나 주영영, 그리고 이를 카메라에 담고 있던 VJ를 비롯한 촬영 팀과 사냥을 돕기 위해 섭외를 한 현지 사냥꾼까지도 수현의 곁으로 다가와 환호성을 질렀다.

특히나 현지 사냥꾼은 위험한 맹수인 멧돼지를 총도 없이 잡은 수현의 어깨를 치고는 엄지손가락을 치켜들며 칭찬을 아끼지 않았다.

"선배님, 고, 고맙습니다."

멧돼지가 자신에게로 달려들자 그녀는 움직이지 말라는 경고를 들었음에도 두려움에 비명을 지르고 도망쳤다.

이는 본능적인 것이라 누가 뭐라고 할 일은 아니었지만, 경고를 무시한 대가로 상황은 주영영의 목숨을 앗아갈 정도로 위급했다.

비록 멧돼지가 상처를 입었다고 하지만, 상처를 입은 맹수가 더 무섭다고 하지 않은가. 실제로도 멧돼지는 분노에 휩싸여 주영영을 맹렬히 추적하였다.

본인은 필사적으로 도망치느라 자신이 얼마나 위급한 상황인지 잘 인식하지 못하였을 것이지만, 곁에서 지켜보는 촬영 팀은 실제로 얼마나 상황이 위급했는지 알 수 있었다.

긴급 투입된 신입 출연자, 그것도 아직 스무 살도 되지 않은 10대 연예인이 방송 프로그램에 출연했다가 야생동물 사냥을 하다 부상당했다는 뉴스가 나간다면 어떤 일이 벌어졌을지 아무도 모르는 일이다.

김명훈 FD는 수현이 멧돼지를 제압하는 동안 천당과 지옥을 넘나들었다.

주영영이 멧돼지에 쫓길 때는 정말이지 눈앞이 깜깜했다.

출연자가 야생동물로 인해 부상을 당하게 되면 분명 제작진에게 문책이 있을 것이고, 여론에 밀려 누군가 책임을 져야만 했을 거다.

여기서 책임이란, 방송국 측에서 면피용 희생자가 나오는 것을 의미했다.

모르긴 몰라도, 현장에 있던 자신은 당연히 포함될 것이란 생각에 그는 눈앞이 깜깜했다.

그런데 천만다행으로 출연자인 수현이 위급한 주영영을 대신해 멧돼지와 대치를 하고, 결국 주영영을 안전하게 지킨 것은 물론이고, 멧돼지까지 잡았다.

한순간 끔찍한 일이 벌어질 뻔하기는 했지만 결과적으로 다친 사람은 아무도 없었다.

오히려 어린 여성의 위기를 막아내고 또 맹수를 사냥함으로써 최고의 결과를 만들어냈다.

일부러 대본을 쓰라고 해도 나오기 어려운 완벽한 그림이 완성되었다.

'나이스! 정수현, 이제부턴 난 로열 가드의 팬이다. 그리고 기사단장, 네 팬이 되겠다.'

방송국에 있으면서 김명훈 FD는 본인의 성공을 위해 다른 쪽에는 일절 관심도 두지 않고 오로지 본인이 맡은 일에만 전념했다.

그는 연차가 있어 조만간 프로그램을 맡아 입봉할 예정이었다.

그런 김명훈이 하마터면 촬영 중 사고 때문에 책임을 지고 퇴사할 뻔했던 상황에서 극적인 영상을 찍은 영웅으로 떠오른 순간이었다.

그러니 수현이 어떻게 보면 그에게는 은인이라 할 수 있었다.

그래서 그런지 김명훈은 수현이 그렇게 예뻐 보일 수가 없었다.

"멧돼지 사냥도 성공했으니 이만 돌아갑시다."

김명훈은 아직도 흥분해 멧돼지 주변에 모여 있는 사람들에게 주의를 환기시키며 명령을 내렸다.

죽은 멧돼지 주변에 몰렸던 사람들은 김명훈 FD의 지시에 모두 제자리로 돌아갔다.

"미키 형."

수현은 촬영 팀과 현지 사냥꾼들이 카메라에서 벗어나자 미키 김을 불렀다.

"왜?"

"우리가 잡았으니 멧돼지를 숙영지로 가져가야죠."

"아! 알았다."

"오늘 저녁은 멧돼지 통 바비큐입니다!"

수현은 바닥에 놓인 멧돼지를 한 번 손으로 치고는 크게 소리쳤다.

"오! 바비큐!"

미키 김은 수현이 저녁에 멧돼지 바비큐를 하겠다는 소리에 환호성을 질렀다.

"멧돼지 바비큐, 저도 좋아해요."

조금 전까지만 해도 멧돼지에게 쫓기는 두려움에 떨었던 주영영도 언제 그랬냐는 듯 한마디 거들었다.

사실 주영영은 정글 라이프에 출연하게 되자, 짧은 시간이나마 김정만의 정글 라이프에 대해 찾아보았다.

인터넷으로도 알아보고, 또 주변 친구들에게도 물어보며 정보를 얻었다.

그런데 공통적으로 김정만의 정글 라이프는 '힘들다', '배가 고프다', '먹을 것을 구하기 힘들다'라는 말들이었다.

그 때문에 정글 라이프에 오면서 고생할 것을 예상하고 왔는데, 막상 촬영에 임하게 되자 도착하는 첫날부터 이야기를 들었던 것과는 다르게 지금까지 한 번도 밥을 굶은 적이 없었다.

아니, 숙소에 있을 때보다 더 잘 먹고 있다는 표현이 맞을 것이다.

숙소에 있을 때는 데뷔 때문에 몸매를 관리하느라 식단에 제약을 받는데, 정글 라이프 촬영에 들어가고부터는 그런 것이 일절 없었다.

함께 온 실장님도 그녀가 먹는 것에는 일절 터치를 하지 않았다.

아니, 오히려 고생할 것이라며 올 때 먹을 것을 사 줄 정도였다.

그러니 조금 전 수현이 저녁에 통돼지 바비큐를 하겠다고 했을 때, 주영영은 두려움을 잊고 환호를 할 수 있었다.

겨우 김정만의 정글 라이프 촬영 2일 차였지만 주영영은 그동안 먹지 못했던 고통에서 해방되어 한껏 들떠 있었다.

'난 천국에 온 것이 분명해!'

정말이지 주영영은 정글 라이프가 자신에게 딱 맞는 프로그램이라는 생각마저 들었다.

그러면서 앞서서 잡은 멧돼지를 메고 가는 수현의 뒷모습을 보며 눈을 반짝였다.

그녀는 연예인이 되기 전부터 가수 선배인 로열 가드, 그리고 리더인 수현을 좋아했었다.

물론 팬으로서 수현을 좋아한 것인데, 오늘 자신이 위기에 처했을 때 앞으로 나서서 자신을 구해준 것에 그만 홀딱 반해 버렸다.

조금 전까지만 해도 그저 선배이고 팬으로서 수현을 좋아했었다면, 멧돼지의 공격으로부터 자신을 지켜준 뒤로는 수현을 남자로서 좋아하게 되었다.

마치 영화나 동화에 나오는 백마 탄 왕자님이 위기에 빠진 공주를 구해주는 것처럼 수현이 자신이 위기에 처하자 구해줬다고 생각한 것이다.

물론 수현은 주영영이 아닌 다른 사람이 그 자리에 있었더라도 나서서 구해주었을 것이다.

그게 앞에 걸어가고 있는 미키 김이었다고 해도 말이다.

하지만 사람이란 자신이 생각하는 대로 믿는 것이 본성이다.

주영영은 수현이 자신에게 관심이 있었기에 위험을 무릅쓰고 멧돼지로부터 구해주기 위해 나섰다고 멋대로 생각하였다.

*　　　*　　　*

부우우웅.

철썩. 철썩.

뜨거운 태양이 내려쬐는 바다 위, 보트 위에서 김정만과 노담 등 정글 라이프 출연자들이 하염없이 바다에 드리운 낚싯대를 주시하였다.

그들은 참치를 잡기 위해 아침부터 바다에 나와 낚시를 시작하였다.

하지만 낚시를 시작한 지 벌써 세 시간이 넘어갔지만 아직도 참치는 소식이 없다.

지금까지 잡은 것이라고는 참치의 먹이인 고등어 몇 마리뿐이다.

고등어가 있는 것으로 보아 고등어를 잡아먹기 위해 참치가 올 것은 분명한 사실이다.

그렇지만 웬걸, 참치는 구경도 한번 하지 못했다.

우와아!

멍하니 소식도 없는 낚싯대만 주시하고 있는데, 갑자기 촬영 팀이 타고 있는 옆 배에서 함성 소리가 들려왔다.

"무슨 일이에요?"

느닷없는 함성 소리에 놀란 김정만이 제작진을 향해 소리쳤다.

"방금 육지 사냥 팀에게서 무전이 들어왔는데!"

촬영 팀 배에 타고 있던 민주홍 PD가 방금 전 김명훈 FD에게서 날아온 소식을 전해주었다.

"육지 사냥 팀에서 멧돼지 사냥을 성공했답니다!"

"네에?"

민주홍 PD에게서 들려온 소식은 김정만이나 참치잡이를 나온 바다 사냥 팀으로서는 생각지도 못한 희소식이었다.

사실 함께 멧돼지 덫을 설치하기는 했지만 멧돼지 사냥에 성공할 것이라고는 기대치 않았다.

그간 정글 라이프를 촬영하면서 멧돼지 사냥하는 것을 몇 번 촬영했지만, 그것들은 모두 현지인들이 사냥하는 것을 촬영하거나 현지 사냥꾼들이 거의 다 잡아놓은 것을 출연자가 잡은 것처럼 연출한 것이었다.

그런데 이번에는 정글 라이프 사상 처음으로 출연자가 직접 멧돼지 사냥에 성공했다고 하니 이 얼마나 놀라운 소식인가.

그 때문에 김정만을 비롯한 부족원들은 너무 놀라 눈을

스타라이드

동그랗게 떴다.

"그게 사실이에요?"

옆에서 듣고 있던 전혜진이 제작 팀을 향해 소리쳐 물었다.

"혹시 다친 사람은 없답니까?"

뒤이어 물은 사람은 김정만이었다.

전혜진은 멧돼지 사냥이 성공한 것에 대한 사실 여부를 확인하는 물음인 데 반해, 족장 김정만은 멧돼지를 잡기 위해 남은 육지 사냥 팀의 안위에 대한 질문이었다.

그건 바로 일반 출연자와 프로그램에 이름을 걸고 임하는 메인의 차이였다.

"조금 위험한 상황이 연출되기는 했지만, 모두 무사하답니다."

"헉! 위험했다고요?"

김정만은 위험한 순간이 있었다는 민주홍 PD의 말에 신경이 쓰여 재차 물어보았다.

그러고는 잡히지도 않는 낚시를 중단하고 일단 궁금증을 해결하기 위해 배를 촬영 팀이 타고 있는 배 쪽으로 붙였다.

"좀 자세히 설명을 해줘 보세요. 뭐가 어떻게 되었다는 겁니까?"

위험한 순간이 있었다는 말이 머릿속에 남은 김정만은 육지에 남은 부족원들의 걱정에 목소리가 떨렸다.

그런 김정만의 모습에 민주홍 PD는 안심을 시키고자 자신이 김명훈 FD로부터 받은 무전에 대한 이야기를 자세히 들려주었다.

김정만은 민주홍 PD의 설명을 다 듣고 나서는 더욱 놀라는 반응을 보였다.

"와! 이번 정글은 수현이 특집이네, 특집!"

김정만의 옆에서 함께 이야기를 들은 노담이 감탄성을 연발하며 소리쳤다.

"그러게 말이야. 첫날 비를 맞으며 먹을거리를 찾으러 갔다가 야생 닭을 잡아 와서 정글 닭백숙을 해주질 않나, 어제는 대형 크레이 피시와 물고기를 잡아 오고, 와! 오늘은 멧돼지 사냥까지. 걔는 못 하는 게 뭐지?"

유우진은 촬영 첫날부터 오늘까지 수현이 했던 일들을 열거하며 놀라워하였다.

"가수이니 노래도 잘해, 모델 출신이라 키도 커, 얼굴도 잘생겼어, 거기에 톱스타 최유진의 경호원을 했었으니 무술도 잘하고, 또 요리 실력도 이미 많이 알려져, 헐! 만능이네."

유우진은 진지하게 수현이 가진 능력들을 하나하나 열거를 하더니 갑자기 김정만을 불렀다.

"형."

"왜?"

김정만은 수현에 관한 이야기를 하던 중 유우진이 갑자기

자신을 부르자 고개를 갸웃거리며 쳐다보았다.

"이러다 프로그램 이름 바뀌는 것 아니야?"

"어? 그게 무슨 소리야?"

유우진의 질문에 고개를 갸웃거린 김정만은 그 뜻을 금방 알아채지 못하고 물었다.

그런 김정만의 모습에 유우진은 짓궂은 미소를 짓더니 이야기를 이어갔다.

"이렇게 수현이 유능한데, 족장 자리 이제 내려와야 할 것 같아 하는 말이지. 정수현의 정글 라이프!"

유우진은 김정만을 놀리기 위해 수현의 이름을 붙여 정글 라이프라고 떠들더니 눈을 커다랗게 뜨며 더욱 호들갑스럽게 외쳐 댔다.

"오! 이거 이름 딱! 감기는 것이 괜찮은데. 정수현의 정글 라이프. 어때?"

김정만을 놀리기 위해 떠들던 유우진은 이제는 옆자리에 있는 노담을 돌아보며 물어보기까지 하였다.

유우진이 무엇 때문에 그런 말을 하는지 눈치를 챈 노담도 미소를 지으며 김정만을 돌아보고는 대답하였다.

"그렇지, 정만이 형이 5년이나 했으니 이젠 식상할 때도 됐지. PD님!"

노담은 이제는 가만히 지켜보고 있는 민주홍 PD까지 불렀다.

프로그램을 생각하면 세 사람이 나누는 대화가 그리 나쁘지 않다고 판단해 이를 중지시키지 않고 지켜보던 민주홍 PD는 갑자기 자신을 부르는 노담의 부름에 그를 쳐다보았다.

"PD님 생각은 어때요? 정수현의 정글 라이프! 뭔가 확 땅기지 않으세요?"

물론 이들이 이렇게 떠든다고 해서, 김정만의 정글 라이프라는 프로그램이 정수현의 정글 라이프로 바뀌는 것은 아니다.

이들은 그저 재미있는 촬영 분량을 만들기 위해 떠드는 것뿐이다.

장시간 참치를 잡기 위해 노력했지만 참치는 구경도 못하고 허탕만 치고 있으니 이렇게라도 촬영 분량을 맞춰야 했다.

"뭐, 부족원들이 원한다면 족장을 바꿀 수도 있습니다."

민주홍 PD는 이것도 재미있다고 생각했는지 노담의 제안에 긍정적인 대답을 하였다.

"뭐야, 이거 쿠데타를 일으키는 거야?"

이야기를 듣고 있던 김정만은 노담의 질문에 긍정적인 답변을 하는 민주홍 PD의 말을 듣고 반응을 보였다.

물론 진짜 화가 나서 그러는 것은 아니다.

방송 경력이 벌써 몇 년인데 이들이 나누는 이야기가 무슨 뜻인지 알아듣지 못하겠는가.

그 또한 상황을 더욱 리얼하고 재미있게 꾸미기 위함이었다.

"어머, 그럼 이제부터 정만 오빠가 아니라 수현 씨가 족장이 되는 거야?"

가만히 듣고 있던 전혜진마저도 이야기에 끼어들었다.

"와! 이거 세상에 믿을 사람 하나 없다더니, 혜진이 너까지 그럴 줄은 몰랐다."

마치 로마 황제 시저가 자신의 부관 부르터스에게 배신당하면서 그를 쳐다보던 것처럼, 김정만은 가슴을 부여안고 전혜진을 쳐다보았다.

"어머, 오빠. 전 능력 있는 사람 좋아해요."

"응?"

"그렇잖아요. 마다가스카르에서야 정만 오빠가 최고의 능력자였는데, 이번 아구타야에서는 오빠보단 수현이가 더 능력자잖아. 그러니……."

전혜진은 끝말을 마치지 않고 은근하게 끊었다.

하지만 그것이 더욱 확실하게 의미를 전달했다.

"헐! 그렇게 말하니 나도 할 말이 없다."

김정만은 그렇게 전혜진의 이야기에 수긍을 하고는 카메라를 들고 있는 VJ를 주시하였다.

그게 어떤 뜻인지 깨달은 VJ가 자신이 들고 있는 카메라를 김정만에게 고정하였다.

그러자 김정만이 마치 기자회견을 하는 것처럼 말을 하기 시작했다.

"시청자 여러분, 이렇게 찾아뵙게 돼서 죄송합니다."

갑자기 카메라에 대고 사과하며 고개를 숙이는 김정만의 모습에 이를 지켜보는 사람들의 표정이 진지해졌다.

설마 김정만이 이렇게까지 할 줄은 예상하지 못했기 때문이다.

처음 시작은 장난으로 시작되었는데, 갑자기 분위기가 장난이 아니게 흘러가고 있었다.

"야, 적당히 했어야지."

노담은 아주 작은 목소리로 유우진을 보며 귓속말을 하였다.

'어떻게 하지.'

유우진과 노담은 물론이고, 그들의 장난에 동참을 한 전혜진 또한 당황한 기색을 감추지 못했다.

일이 생각한 방향이 아닌 엉뚱한 방향으로 향했기 때문이다.

"그동안 저를 응원해 주시고, 김정만의 정글 라이프를 사랑해 주신 분들께 감사의 말씀을 드립니다. 앞으로는 김정만의 정글 라이프가 아니라……."

김정만은 카메라를 보며 이야기하는 도중 뭔가 북받치는 것이 있는지 잠시 말을 끊고는 고개를 들어 하늘을 한번 쳐다보았다.

'어, 어?'

이쯤 되자 민주홍 PD도 표정이 심각해졌다.

그때, 잠시 텀을 뒀던 김정만이 끝말을 마저 이어갔다.

"더욱더 재미있는 김정만의 정글 라이프가 되도록 노력하겠습니다. 감사합니다."

순간, 반전을 선보이며 김정만은 조금 전 심각했던 표정을 풀고 밝은 미소로 카메라를 보며 인사를 하였다.

"어우, 놀랐잖아."

"휴, 그러게 말이야!"

"정만 오빠, 드라마에 몇 번 출연하더니 연기 많이 늘었네. 와, 정말이지 깜박 속았다."

전혜진은 마지막에 김정만이 '감사합니다' 라고 인사를 하자 방금 전 심각했던 분위기가 모두 김정만의 연기였다는 것을 깨닫고 안도하는 마음에 소리쳤다.

아닌 게 아니라 김정만은 희극인이면서 드라마나 영화에 몇 번 출연을 했다.

물론 모두 단역으로 출연했던 것뿐이다.

그런데 방금 전 모습은 배우인 전혜진도 깜짝 놀랄 정도로 완벽한 연기였다.

"어때, 내 연기 괜찮았어?"

김정만은 아직도 자신의 연기에 얼떨떨한 표정을 짓고 있는 세 사람을 보며 물었다.

"최고였습니다. 진짜, 얼마나 놀랐는지! 정글 라이프에 김정만 족장님이 없다면 그게 어디 정글 라이프겠습니까?"

민주홍 PD는 김정만의 물음에 속으로 안도하며 엄지손가락을 내보였다.

아닌 게 아니라 김정만 없이는 정글 라이프를 논할 수 없었다.

아무리 능력이 특출한 사람이 오고 인기가 많은 연예인이 오더라도 김정만이 아니고서는 정글 라이프를 꾸려갈 수 없을 정도로, 국민들에게 정글 라이프는 김정만이라는 공식이 머릿속 깊이 박혀 있기 때문이었다.

"자! 육지 사냥 팀이 미션에 성공했다고 하는데, 우리 바다 사냥 팀이 이대로 허탕을 치고 돌아갈 수는 없지 않아?"

"맞아."

"시간이 얼마 남지 않았지만 조금 더 힘을 내서 참치를 꼭 잡자고!"

"OK!"

김정만이 심기일전을 하며 소리를 치자 다른 세 사람도 큰 목소리로 호응을 하였다.

섬에 남아 있던 멧돼지 사냥 팀이 사냥에 성공했다는 소식에 고무된 이들은 김정만을 따라 파이팅을 외치며 다시 자신들의 배로 옮겨 낚시를 시작하였다.

하지만 기분만으로 모든 일이 성공하는 것은 아니다.

이들이 비록 파이팅을 외치며 참치잡이에 임했지만, 참치는 이들을 외면하고는 얼굴도 비추지 않았다.

"기름이 떨어졌습니다! 이제 돌아가야 합니다!"

배를 몰던 선장이 민주홍 PD를 보며 소리쳤다.

참치잡이를 무한정 할 수는 없는 일이다.

배에 기름이 떨어지면 배는 움직이지 않는다.

아직 해가 떨어지려면 몇 시간 남았지만 일찍 바다에 나온 바람에 배에 남은 기름은 얼마 없었다.

그래서 바다 사냥 팀은 어쩔 도리 없이 섬으로 돌아가야만 했다.

*　　　　*　　　　*

자글자글.

멧돼지를 잡기 위해 남은 육지 사냥 팀원인 미키 김과 주영영은 숙영지 한쪽에 피워진 불 위를 주시하고 있었다.

그곳에는 아까 낮에 잡은 멧돼지가 꼬치에 꿰여 구워지고 있었다.

"야, 내가 정글 라이프 첫 회를 비롯해 지금껏 6회를 출연했지만, 정글에서 통돼지 바비큐를 먹어볼 줄은 정말이지 생각지도 못했다."

미키 김은 불 위에서 돌아가고 있는 멧돼지를 보며 중얼거렸다.

"저는 데뷔하고 처음으로 야외 예능에 출연하는데, 정글 라이프 출연했던 선배님들의 이야기를 많이 들었거든요. IPTV로 결제해서 지난 방송도 모니터하고요."

주영영은 옆에 앉아 자신과 함께 익어가는 통돼지 바비큐를 보며 중얼거렸다.

그리고 이런 그들의 모습은 고스란히 카메라에 담겼다.

"정글 라이프 촬영에 가면 무척이나 고생을 하고, 밥도 하루에 한 끼 정도뿐이 못 먹을 것이라고 들었거든요."

자신이 긴급하게 김정만의 정글 라이프에 섭외가 되면서 많은 정보를 듣지는 못했지만, 그래도 국민 예능이라 불릴 정도로 인기가 많은 STV의 '김정만의 정글 라이프'에 대한 자료를 찾고 정보를 들었다.

그런데 하나같이 정글 라이프는 '힘들다', '배고프다', '하지만 갔다 오면 잘 다녀왔다는 생각이 들 것이다' 등등 좋은 이야기도 있었지만, 대체로 잘 먹지 못하고 씻지 못하고 힘들다는 고생담이 대부분이었다.

그러면서 자신이 정글 라이프에 출연한다는 소식을 듣고는 가기 전 많이 먹어두라며 맛있는 것들을 많이 사 주었다.

하지만 주영영이 이곳에 와서 느낀 것은 그들이 해준 이야기와는 전혀 달랐다.

그녀는 도착하자마자 정글 라이프의 진미 중 하나인 크레이 피시를 먹어보았다.

뿐만 아니라 물고기와 카사바 등등 다양한 먹을거리로 푸짐하게 배를 채웠다.

그리고 아침에는 각종 열대 과일도 먹을 수 있었다.

주영영은 정글 라이프에 오기 전보다 오히려 섭외를 받아 이곳에 와서 먹은 것이 더 많을 정도였다.

한국에서는 여자 아이돌이라는 이유로 먹는 것에 제한을 두고 언제나 매니저와 소속사의 감시 속에서 절제된 식단으로만 먹어야 했다.

그런데 이곳 정글에서는 그런 것이 없었다. 모두 프리하게 먹을 수 있었다.

이는 자신과 함께 온 소속사 실장님의 허락하에 이루어진 일이라 방송이 나가면 아마 멤버들이 부러워할 것이 분명했다.

좋았던 점은 또 있었다.

정글 라이프에 출연하는 선배들이 무척이나 친절하게 그녀가 쉬이 합류할 수 있도록 많은 도움을 주었다.

첫날 도착하자마자 선배님들은 그녀를 행운의 요정이라며 치켜세웠다.

그 전날까지만 해도 굶지는 않았지만 배가 고팠다고 하는데, 그녀가 오는 저녁때 늦은 밤 사냥을 나가 푸짐한 먹을

거리를 잡아 왔다는 것이다.

그리고 오늘은 야생 멧돼지 사냥을 나가면서 조금 위험한 일도 있었지만, 그리고 그것은 주의를 들었음에도 제대로 따르지 않은 자신의 잘못으로 그리된 것이지만, 어찌 되었든 위기 속에서 정의의 사자처럼 나타난 수현 선배 덕분에 아무런 해도 입지 않았고 목표인 멧돼지도 잡았다.

그 결과물이 지금 눈앞에서 맛있게 익어가고 있었다.

'정말 내가 행운의 요정이 아닐까?'

문득 주영영은 어제 유우진이 했던 농담이 사실은 진짜가 아닐까 하는 생각마저 들었다.

자신의 옆자리에 앉아서 함께 바비큐가 익어가는 모습을 지켜보고 있는 미키 김 선배도 여러 차례 김정만의 정글 라이프를 촬영하면서 지금껏 한 번도 출연자들이 주도해서 야생의 멧돼지 사냥을 한 적은 없다고 말했다.

멧돼지 사냥은 무척이나 위험한 일이기에 그 지역 원주민 사냥꾼들이 주도해서 잡고, 출연자들은 사냥이 끝난 뒤 운반이나 맡을 뿐이었다.

그렇게 사냥에 참여해서 사냥감인 멧돼지의 신체 일부를 사냥 참여의 대가로 받아 끼니를 해결했다고 들었다.

그런데 오늘 낮에 있었던 멧돼지 사냥은 그렇지 않았다.

김정만의 정글 라이프 출연자, 즉 정글 부족원들이 주도하여 멧돼지 덫을 설치하고, 비록 원주민 사냥꾼의 도움을 살짝 받기는 했지만 사냥을 성공시킨 것은 모두 정글 부족이었다.

그러니 이를 촬영하는 촬영 팀의 스텝들이 모두 좋아할 수밖에 없었다.

실제로 주변에서 자신들을 찍고 있는 촬영 팀의 얼굴에는 미소가 한가득 담겨 있었다.

정글 부족원들의 저녁 식사 장면 촬영이 끝나면, 그들도 바비큐 파티에 참여를 할 것이기 때문이다.

이런저런 생각을 하던 주영영은 불 옆에서 바비큐를 굽고 있는 수현을 지그시 쳐다보았다.

'아…… 멋있다.'

정글이라 잘 씻지도 못했는데, 그는 출연자들 중 홀로 빛이 나는 듯 보였다.

아니, 실제로도 촬영 3일 차라 다른 부족원들은 잘 씻지 못해 꾀죄죄한 모습이었다.

하지만 로열 가드의 리더 수현은 기사단장이라는 닉네임처럼 언제나 깔끔하고 정돈된 모습이다.

그 때문에 수현을 보면서 잘생긴 외모와 야생 멧돼지의 공격 앞에서도 물러나지 않는 용기, 그리고 놀라 공황 상태인 그녀를 차분히 달래주는 자상함, 마지막으로 잡은 사냥감을 손질해 요리하는 모습까지, 그 어느 것 하나 반하지 않을 수가 없었다.

그래서 주영영은 자신도 모르게 계속해서 수현에게 눈길을 주었다.

이는 그녀뿐만이 아니라 정글 라이프를 촬영하는 스텝들 대부분이 그랬다.

"여어!"

"우리 왔다."

주영영이 바비큐를 굽고 있는 모습을 몽롱하니 쳐다보고 있을 때, 저쪽 바닷가 쪽에서 익숙한 목소리가 들렸다.

정글 라이프의 감초와도 같은 유우진과 노담의 목소리였다.

아침 일찍 참치를 잡기 위해 바다 사냥에 나갔던 팀이 돌아왔다.

이에 바비큐가 익기를 기다리고 있던 주영영과 미키 김이 먼저 돌아온 그들에게 인사를 하였다.

"잘 다녀오셨어요."

"뭐 잡았습니까? 혹시 참치……."

멧돼지 바비큐를 하고 있던 수현도 자리에서 일어나 얼른 그들을 맞았다.

"잘 다녀오셨습니까."

"수현이가 멧돼지를 잡았다며?"

노담은 주영영과 미키 김의 인사를 받다가 수현의 인사에 얼른 수현의 곁으로 다가가며 물었다.

"이게 그거야?"

불 위에서 노릇노릇 잘 익고 있는 멧돼지를 보며 노담이 눈을 반짝였다.

"와! 크다."

한국에서 TV로 보던 멧돼지보다야 작은 사이즈였지만, 불 위에 놓여 있는 멧돼지는 생각보다 큰 놈이었다.

"와! 바비큐다."

뒤늦게 숙영지로 들어오던 전혜진이 불 위에 올려져 있는 멧돼지를 보며 소리쳤다.

"헐! 듣던 것보다 사이즈가 큰데!"

김정만도 뒤늦게 전혜진의 고함 소리에 불 위를 주시하다 그 위에 있는 멧돼지 바비큐를 보며 놀랐다.

"야아, 이거 우리 부족원들뿐만 아니라 촬영 팀 전원이 먹어도 되겠다."

김정만은 육지 사냥 팀이 잡아 온 멧돼지를 보면서 그렇게 말을 하였다.

이는 전혀 대본이나 사전에 준비한 것이 아닌 날것 그대로의 느낌을 말한 것이다.

한편, 낮에 바다 위에서 무전으로 보고를 받았던 민주홍 PD는 육지 사냥 팀이 잡은 멧돼지를 직접 목격하고는 눈이 휘둥그레졌다.

'헐, 저걸 육지에 남았던 육지 사냥 팀이 직접 잡았다는 말이야!'

뭉뚱그려 육지 사냥 팀이라고는 했지만 그는 잡은 멧돼지를 굽고 있는 수현의 얼굴을 쳐다보고 있었다. 실질적으로 멧돼지를 잡은 공신이었다.

"족장님."

유우진은 뒤늦게 도착한 민주홍 PD의 눈빛이 반짝이는 모습을 보고 살며시 족장 김정만의 곁으로 다가가 귓속말을 하였다.

"왜?"

"민 PD의 눈빛이 심상치 않습니다. 이때 뭔가 제안을 하면 바로 받아들일 것 같지 않아요?"

오랜 기간 함께 호흡을 맞췄던 유우진이다.

눈치가 빠른 그의 말에 김정만은 눈을 크게 뜨며 시선을 돌려 민주홍 PD를 살폈다.

아닌 게 아니라, 유우진의 이야기처럼 지금 민주홍 PD는 육지 사냥 팀이 잡아 온 멧돼지를 보느라 정신을 차리지 못하고 있었다.

"어이, 민 PD."

"네?"

한참 수현과 불 위에서 구워지고 있는 멧돼지를 주시하고 있던 민주홍 PD는 느닷없는 소리에 놀라 김정만을 돌아보았다.

"긴급 제안을 할 것이 있는데."

조금은 건방진 모습의 김정만이었지만, 이는 모두 컨셉이었다.

"봐서 알겠지만, 정글에서 통돼지 바비큐를 먹을 기회가 언제 오겠어? 해서……."

김정만이 민주홍 PD에게 이야기하는 모습에 부족원들도 모두 김정만과 민주홍 PD를 주시했다.

물론 민주홍 PD의 뒤에 자리를 잡은 촬영 스텝들도 이들 두 사람을 주시하고 있었다.

그도 그럴 것이, 아무래도 김정만이 민주홍 PD를 불러 제안하는 것은 분명 지금 불 위에 놓인 바비큐와 연관이 있을 것이란 생각 때문이었다.

그리고 그 짐작은 맞아떨어졌다.

"멧돼지의 크기가 있어서 부족원들이 모두 배불리 먹을 만큼 양은 충분한데, 뭔가 빠진 것 같단 말이지."

김정만은 이야기를 하다 말고 슬쩍 부족원들을 돌아보았다.

"그래서 하고 싶은 말이 뭡니까?"

민주홍 PD는 지금 김정만이 보다 풍성한 그림을 위해 자신에게 제안하고 있음을 짐작하고 물었다.

이는 사전에 약속을 하지 않았어도 다년간 함께 프로그램을 만들어가다 보니 이심전심으로 알 수 있는 것이었다.

민주홍 PD가 제안을 받아들일 듯 물어오자 김정만의 옆에 있던 노담이 운을 띄웠다.

"축제에는 당연 술이 빠지면 안 되지."

"맞아, 축제에는 당연 술이지."

유우진도 노담이 술을 언급하자 빠르게 추임새를 넣었다.

"예능에서 술을 먹는다고요?"

어떻게 보면 금기와도 같은 것이 바로 방송에서 연예인들이 술을 마시는 것이다.

그러나 최근 예능에서는 케이블뿐만 아니라 지상파에서도 술을 마시는 장면이 종종 나온다.

그러니 민주홍 PD의 말은 단순히 의향을 묻는 것에 불과했다.

게다가 지금은 한국이 아니라 낯선 타국, 그것도 정글이지 않은가. 혹시나 술에 취해 실수를 하거나 사고라도 나면 큰일이라 염려하는 마음이 깃들어 있기도 했다.

노담이 그런 민주홍 PD의 말뜻을 알아채고 얼른 부연 설명을 하였다.

"아아, 누가 독한 소주와 같은 것을 말하나요. 우아하게 와인이나 하다못해 맥주 정도면 괜찮지 않을까요?"

그런 노담의 이야기에 민주홍 PD는 물론이고, 촬영 스텝, 그리고 정글 부족원들도 머릿속에 장면을 떠올려 보았다.

바로 통돼지 바비큐와 열대 과일이 올려진 테이블을 정글 부족원들이 둘러싸고 서서 우아하게 와인 잔을 든 모습이었다.

스타라이트

조금은 언밸런스하면서도 김정만의 정글 라이프라는 주제와 희한하게 잘 맞는 그림이었다.

'괜찮다.'

'그림 괜찮겠는데!'

생각에 잠겨 있던 촬영 팀이나 정글 부족원들의 머릿속에는 모두 같은 생각이 떠올랐다.

"음, 괜찮은 제안이기는 하지만 그냥 들어줄 수는 없고, 내기를 하죠."

민주홍 PD는 아무리 좋은 의견이지만 바로 허락할 수는 없었다.

어찌 되었든 술이라는 것이 예능에 나오는 것에 거부감을 느끼는 시청자도 있을 것이고, 또 방송심의위원회의 시선도 감안해야 하기 때문이다.

"마침 저기 창이 있으니, 창을 던져서 저기 떨어진 곳에 코코넛을 놓고 부족원들 중 세 명 이상이 맞추면 와인 한 병을 드리겠습니다. 단! 만약 정글 부족이 실패를 한다면 바비큐는 저희 스텝들이 가져가겠습니다."

"뭐라고요?"

민주홍 PD가 김정만의 제안을 받아들이기는 했지만, 만약 내기에 실패를 했을 때, 눈앞에 먹음직스럽게 익은 통돼지 바비큐를 몽땅 가져가겠다는 말에 노담이 자신도 모르게 목청을 높였다.

"와! 날강도다."

그 옆에서 유우진도 어이없다는 표정으로 소리쳤다.

"맞아요. 몽땅 가져가는 것은 반칙이에요."

가만히 있던 주영영도 민주홍 PD의 말에 반발했다.

그도 그럴 것이, 그렇게 위험을 무릅쓰고 고생을 하여 잡은 멧돼지를, 털도 뽑지 않고 스텝들이 몽땅 빼앗아가겠다는 말에 불만이 생긴 것이다.

"뭐, 전 강요를 하는 건 아닙니다. 그저 김정만 족장님이 저희에게 제안을 하시기에 저희도 제안을 받아들일 수 있는 범위 내에서 조건을 건 것입니다."

"음!"

민주홍 PD의 제안에 김정만은 처음 그에게 제안했을 때와는 다르게 심각한 표정으로 부족원들을 돌아보았다.

하지만 몸을 돌려 카메라를 등진 뒤 보인 김정만의 표정은 조금 전과는 반대로 밝게 웃고 있었다.

"잠시 모여봐."

그렇지만 밝은 표정과는 반대로 목소리만은 심각했다.

김정만은 부족원들을 모아놓고 촬영 팀에게 들리지 않을 은근한 목소리로 얘기를 꺼냈다.

"우리 중에 세 명만 성공을 해도 우리가 원하는 것을 얻을 수 있다."

김정만이 한 이야기는 이렇다.

자신과 수현은 도전에 성공할 것이란 것을 전제로, 남은 부족원들 중 한 명만 도전에 성공해도 게임은 정글 부족의 승리로 끝난다.

"맞아, 야생 닭이나 멧돼지를 잡은 수현이나 족장님인 정만이 형은 분명 성공할 것이야. 그러니 우리 중 한 명만 성공을 해도 우리가 이기는 것이야!"

노담이 김정만의 이야기에 고무되어 흥분을 하며 떠들었다.

'아차!'

정글 부족이 하는 이야기를 들은 민주홍 PD는 그제야 아차! 하는 생각이 들었다.

족장인 김정만이야 이미 사냥에 정평이 난 사람이다.

그리고 부족원으로 참여를 한 미키 김도 연예인이 되기 전 미국 해병대에서 복무를 하여 운동에는 뛰어난 사람이었다. 타 방송사인 KTV의 예능 프로그램인 '도전! 드림팀'에서 그의 별명이 레전드일 정도였다.

거기에 수현은 국민들에게 기사단장이란 별명으로 불린다.

어려운 장애물을 통과해 감옥에 갇혀 있는 공주를 구해내는 것은 물론이고, 이번 정글 라이프 5주년 특집에서는 맨손으로 야생 닭을 잡아 오기도 하고 오늘의 메인 요리인 멧돼지도 직접 잡아 왔다.

FD인 김명훈의 설명에 따르면 올무에 걸려 난동을 부리는 멧돼지를 수현이 직접 만든 목창을 던져 맞춘 것은 물론이고, 멧돼지가 도망치다 주영영에게 달려들 때는 목창을 던져 그 앞을 막아 시간을 벌기도 했다고 한다.

이것만 봐도 자신이 제시한 미션은 그저 요식행위에 지나지 않아 보일 수도 있겠다는 생각이 들었다.

"자! 시작하시죠."

김정만은 자신 있는 모습으로 민주홍 PD를 쳐다보며 말을 하였다.

"잠시만, 거리를 10m가 아니라 15m……."

민주홍은 자신이 실수했다는 것을 깨닫고 조금 전에 걸었던 조건을 강화시키려 하였다.

"에헤, 낙장불입! 남자가 한번 내뱉은 말을 그렇게 쉽게 번복하면 안 되죠."

유우진이 얼른 나서며 민주홍 PD가 약속을 번복하려는 것을 사전에 차단하였다.

"맞아. 남자가 말이야, 그람 안 돼."

그동안 별다른 활약이 없던 최광희가 영화의 캐릭터를 흉내 내며 중간에 나서서 민주홍 PD에게 안 된다는 말을 강조하였다.

그런 정글 부족원들의 반응에 민주홍 PD도 어쩔 수 없다는 표정으로 고개를 끄덕일 수밖에 없었다.

"하! 이게 다 정글 부족의 능력을 과소평가한 제 잘못이니 그냥 넘어가기로 하겠습니다."

"야호!"

민주홍 PD가 포기를 하자 정글 부족원들은 마치 벌써 미션을 성공한 것처럼 환호성을 질렀다.

"우선 가볍게 성공을 하고 넘어가자고. 미키야, 네가 첫 번째 도전자로 나서라."

김정만은 첫 게임은 성공을 하고 들어가야 다른 부족원들이 편하게 게임을 할 수 있기에 가장 먼저 미키 김을 선택했다.

그리고 미키 김은 연습 삼아 수현이 만든 목창을 몇 번 던져 보고는 감을 잡았는지 도전을 외치며 10m 거리에 위치한 코코넛을 맞췄다.

"와아!"

미키 김의 성공에 부족원들은 일제히 환호를 하였다.

"하하, 일단 한 번 성공!"

노담은 마치 게임을 중계하듯 미키 김이 성공한 것을 카메라를 쳐다보며 크게 소리쳤다.

하지만 이들의 환호는 처음뿐이었다.

두 번째, 세 번째, 그리고 네 번째 도전을 한 최광희, 유우진, 노담이 차례로 실패를 했기 때문이다.

"아아! 연달아 실패를 하고 말았군요."

"다음 도전자는 누군가요?"

"저예요."

"아! 행운의 요정이란 별명을 얻은 주영영!"

주영영이 다섯 번째 도전자로 나서자 앞서 도전에 실패를 했던 유우진과 노담이 나서서 민주홍 PD에게 항의를 했다.

"아니, 이런 것이 어디 있습니까?"

이들이 반발을 한 것은 바로 여자인 주영영에게 남자들과 같은 10m에서 도전을 하게 만든 것 때문이다.

"연약한 여성에게 남자와 같은 거리에서 하라고 하다니. 여러분! 민주홍 PD님이 이런 분입니다."

그들은 마치 민주홍 PD의 잘못을 고발하듯 떠들기 시작했다.

그 때문에 장내가 어수선해지자 게임이 진행이 되질 않았다.

아니, 이건 유우진과 노담이 일부러 나서서 분위기를 조성한 것이다.

이에 김정만도 은근한 표정으로 민주홍 PD를 압박하고 나섰고, 도전자인 주영영과 뒤에 도전을 할 전혜진까지 나서서 민주홍 PD를 '어떻게 그럴 수 있냐!' 라는 표정으로 쳐다보자, 더 이상 버티지 못한 민주홍 PD가 항복을 하고는 여성 도전자인 주영영과 전혜진에게는 1m 거리를 줄여주었다.

"아유, 남자가 쩨쩨하게. 겨우 1m가 뭐야."

거리가 줄어들기는 했지만 겨우 1m라는 것에 불만인지 유우진이 다시 한 번 난장을 시도해 봤지만, 민주홍 PD도

더 이상은 봐주지 않았다.

"뭐 그게 싫다면 어쩔 수 없이 원상복귀를 하는 수 도……."

"아! 아닙니다. 1m면 많이 양보를 한 것이죠."

민주홍 PD가 약속을 번복할 것 같은 반응을 보이자 노담이 얼른 나서서 유우진의 입을 손으로 막으며 대답하였다.

"그럼 어서 진행을 하시죠."

유우진이 제압이 되고, 다시 게임이 진행되었다.

"후우."

수현이 아침에 정성 들여 깎은 목창을 손에 든 주영영은 도전을 하기 전 심호흡을 하였다.

"도전!"

맑은 목소리로 도전을 외친 주영영은 목표인 코코넛과 9m 떨어진 곳에 서서 매섭게 노려보았다.

"얍!"

그리고 단호한 기합과 함께 들고 있던 목창을 힘껏 던졌다.

휘익. 탁.

"와아!"

주영영이 던진 목창이 날아가 정확하게 표적인 코코넛을 맞춰 받침에서 떨어뜨리자 이를 구경하고 있던 부족원들과 남성 스텝들이 일제히 환호성을 질렀다.

"어머, 어머!"

주영영 또한 자신이 한 일이 믿기지 않아 연신 '어머'란 단어를 외쳤다.

"두 번 성공을 했습니다. 역시 정글 행운의 요정이라니까!"

노담은 주영영을 보며 한껏 들떠 소리쳤다.

"혜진아, 막내도 성공했다. 그냥 네 선에서 끝내라!"

막내 주영영이 성공한 것을 언급하며 노담이 다음 도전자인 전혜진에게 이야기를 하였다.

"알았어. 기대하라고!"

전혜진은 막내인 주영영이 도전에 성공하자 자신도 모르게 승부욕이 올랐다.

"이얍!"

김정만의 정글 라이프 마다가스카르 편에 출연을 하면서 정글 여전사라는 닉네임을 얻은 전혜진은 정말로 여전사가 된 것처럼 기합을 지르며 목창을 날렸다.

휘익. 탁.

마치 짜기라도 한 듯 목창은 정확하게 코코넛을 맞히며 지나갔다.

"와! 성공이다, 성공!"

설마 족장인 김정만이나 수현에게까지 기회가 가지도 않

고 미션에 성공할 줄은 아무도 예상을 하지 못했다.

미키 김이 성공하면서 이미 게임은 정글 부족이 성공할 것이라 다들 예상은 했지만 설마 이런 결과가 나올 줄 누가 알았겠는가.

한편, 주영영이 미션에 성공했을 때, 촬영 팀 뒤에서 이를 지켜보던 주영영의 매니저는 자신도 모르게 미소를 그렸다.

팀을 알리기 위해서 때마침 정글 라이프에서 급하게 새로 투입될 멤버를 찾을 때 주영영을 투입시켰다.

그나마 다른 멤버들보다 운동신경이 뛰어났기에 그녀를 선택을 한 것인데, 주영영을 정글 라이프에 투입한 것은 정말 잘한 선택이었다.

도착한 첫날부터 행운이 따랐는지 기존 정글 라이프 출연자들이 주영영에게 생각지도 못한 캐릭터를 잡아주었다.

그리고 신입인 주영영이 방송에 적응할 수 있게 많은 도움을 주며 챙겨주었다.

그 결과, 방금 전 어려운 미션까지 성공을 하면서 이번 주영영의 예능 도전은 대성공으로 끝날 것임을 기대케 하였다.

"이거, 게임이 너무 쉬웠던 것 아닙니까? 거리를 원래대로 하고 다시 하는……."

민주홍 PD는 족장인 김정만이나 이번 정글 라이프에서

최대 활약을 보인 수현도 나오지 않은 상태에서 게임이 끝나자 낭패한 표정으로 이야기를 꺼냈다.

"어, 우리 민 PD님이 왜 이러실까? 게임은 우리가 성공을 한 것으로 끝난 것이고, 뭐 다른 제안할 것이 있으면 하시죠?"

일단 바비큐 파티에 술이 들어오는 건 성공을 하였다.

그러니 김정만이 자신과 뒤에 수현까지 남아 있는 상태에서 다른 제안할 것이 있으면 하라는 도발을 한 것이다.

"음!"

민주홍 PD는 김정만의 도발에 잠시 고민을 하였다.

그러다 뭔가 생각이 났는지 김정만에게 제안을 해왔다.

"그럼 김정만 족장님과 수현 씨가 이보다 더 먼 15m에서 도전해 한 명이라도 성공하면 오늘은 더 이상 촬영을 하지 않고 촬영 종료를 하겠습니다."

아직 시간이 많이 남은 상태에서 미션에 성공하면 자유 시간을 주겠다고 선언을 한 것이다.

"오, 이거 민주홍 PD님께서 무리수를 두기 시작하는데요."

사실 제대로 만들어진 창도 아니고, 손으로 깎아 만든 나무창을 던져 10m 밖 목표물을 맞히는 것도 힘든 일이다.

그런데 세 명이나 성공을 한 것이다. 물론 두 명은 여성이라 그보다 가까운 9m에서 도전을 했다고 하지만, 이 또

한 여성의 신체 조건상 상당한 것이다.

예상치 못한 결과로 촬영 팀은 약속대로 촬영 중 정글 부족에게 술을 제공해야만 했다.

하지만 민주홍 PD도 이대로 넘어간다면 이 장면을 방송에 보낼 때 어떤 일이 벌어질지 장담을 할 수가 없어 보다 어려운 미션을 제안했다.

"좋습니다. 그럼 저 먼저 도전을 하겠습니다."

김정만은 민주홍 PD가 또 다른 어려운 조건을 걸 수도 있다는 생각에 얼른 대답을 하고 도전에 임했다.

하지만 기세 좋게 도전을 하였지만 15m는 결코 쉬운 거리가 아니었다.

아쉽게도 족장 김정만이 던진 창은 표적인 코코넛이 아닌 그것을 받치고 있던 받침에 맞고 말았다.

"아! 아쉽다."

이를 지켜보던 부족원들은 모두 아쉬운 표정이 되어 소리쳤다.

"아, 아깝다. 조금만 각도를 올렸더라면 단번에 맞추는 것인데!"

정말로 김정만이 던진 것은 너무도 아까웠다.

"자, 다음 수현 씨. 어서 도전을 하세요."

민주홍 PD는 김정만이 아깝게 실패하는 것에 속으로 안도를 하였다.

그가 봐도 너무 아슬아슬했기에 설마 성공하는 것은 아닌가 걱정을 했다.

하지만 결과는 아쉽게도 실패였다.

"PD님."

"네?"

"제가 다른 제안을 할 것이 있는데, 들어보시겠습니까?"

"네? 그게 무슨 말이죠?"

수현은 민주홍 PD가 자신들에게 제안할 때 다른 생각을 하였다.

자신이 좀 더 어려운 미션을 하겠다고 하고, 내일 아침에 제대로 된 식사를 제공해 달라는 제안을 꺼낸 것이다.

"제가 20m 정도 거리에서 저기 코코넛을 맞힌다면 내일 우리 부족에게 아침을 제공해 주십시오."

"오! 그거 좋은 생각이다. 아침에 과일도 좋지만 난 밥이 그리워!"

노담은 이번 정글 라이프를 촬영하면서 수현 덕분에 카사바와 열대 과일로 요기를 할 수 있어 그리 힘들진 않았지만, 그래도 밥이 먹고 싶었다.

이는 노담뿐만 아니라 다른 부족원들도 마찬가지였다.

그렇기에 다들 수현이 하는 말에 공감을 하고 민주홍 PD를 주시했다.

"정말로 그 거리에서 도전을 하겠다는 말씀입니까?"

"예. 제 제안을 받아들이신다면 도전해 보겠습니다."

민주홍 PD는 수현의 제안에 너무 무리를 하는 것은 아닌가 하는 생각이 들었다.

처음 이 게임을 할 때만 해도 그림이 잘 나올 듯해서 제안을 받아들인 것인데, 이제는 자칫 잘못했다가는 시청자들에게 제작진의 의도와 다르게 비춰질 수가 있었다.

그 때문에 민주홍 PD는 신중하게 수현의 제안을 생각해 보았다.

그리고 민주홍 PD는 자신이 판단하기에 가장 합리적인 선에서 제안을 받아들였다.

"좋습니다. 대신 성공했을 때 저희가 부족원들에게 아침을 제공하는 대신, 도전에 실패했을 때는 조금 전 성공해서 획득한 술을 다시 회수하겠습니다."

그런 민주홍 PD의 말에 수현은 잠시 김정만과 부족원들을 돌아보았다.

이는 부족원들에게 허락을 구하는 행위였다.

그런 수현의 모습에 김정만이 부족원들을 대신해 답을 해 주었다.

"받아들여. 어차피 실패해 봐야 우리가 잃을 것은 게임으로 얻었던 술뿐이다."

"알겠습니다. 꼭 성공을 해서 아침을 획득하겠습니다."

수현은 그렇게 자신감 있게 대답을 하고는 조금 전 김정만이 던진 곳보다 더 멀리 뒤로 걸어갔다.

대략 목표인 코코넛과 20m 정도 떨어진 곳이었다.

그러다 보니 원래 있던 숙영지와 상당히 떨어진 곳에 위치하였다.

"자, 위험하니 모두 조금 더 떨어져 주세요."

자칫 수현이 던진 창의 방향이 잘못되어 촬영 팀이나 정글 부족원들에게 날아갈 수도 있다는 생각에 민주홍 PD가 소리쳤다.

그 소리에 주변에 모여 있던 촬영 팀과 정글 부족원들이 뒤쪽으로 조금 더 물러났다.

"도전!"

수현은 큰 소리로 도전을 외치고는 들고 있던 창을 힘차게 던졌다.

쎄에엑.

조금 전 김정만이나 다른 부족원들이 던졌던 소리와는 확연히 다른 무척이나 날카로운 바람을 가르는 소리가 들렸다.

퍼억!

그리고 빠르게 날아간 창은 받침 위에 놓인 코코넛을 맞히는 것 정도가 아니라 아주 정확하게 꿰었다.

너무도 놀라운 모습에 이를 지켜보던 부족원이나 촬영 팀 누구도 어떤 소리도 지르지 못하고 창에 꿰인 코코넛과 수현을 번갈아 돌아볼 뿐이었다.

Chapter 5

쓰나미

김정만의 정글 라이프의 촬영이 모두 끝났다.

무인도에서의 야생 생존이 끝난 뒤, 김정만과 정글 부족원들은 2차로 필리핀 팔라완의 원주민과 함께 이틀간의 공동생활도 마쳤다.

원시 부족이라고 했지만 아직까지 필리핀의 전통 방식 그대로 생활을 하는 원주민들은 거의 없었다.

필리핀은 많은 민족이 살고 있는데, 대부분 도시화와 도시 생활에 물들어 정글 라이프 제작진에서 원하는 그런 원시 부족은 없다고 해도 과언이 아니다.

다만 김정만의 정글 라이프라는 프로가 다큐멘터리가 아

닌 오락 예능 프로라 실제 원시 부족은 아니지만 전통 생활 방식을 이어가고 있는 부족을 찾아가 그들의 문화를 체험했다.

수현은 처음 원시 부족과 함께 그들의 삶을 영유한다는 생각에 잔뜩 기대와 긴장을 하고 갔지만, 현장에 도착을 하고서 뒤늦게 현실을 인식하고는 실망하였다.

TV로 김정만의 정글 라이프를 시청할 때는 이런 현실이 반영되지 않고 그저 카메라가 찍은 그림만 보았기에 현실을 잊었던 것이다.

*   *   *

웅성웅성.

이번 5주년 특집 촬영을 마친 출연자 및 스텝들은 모두 필리핀의 휴양도시인 세부에 도착을 하였다.

STV에서는 이번 5주년 특집을 촬영하러 가기 전 출연자들에게 휴가라는 주제를 제시했었다.

실제로 태풍만 아니었다면 주제에 걸맞게 정글 부족은 그렇게 고생을 하지 않았을 것이다.

다행이라면 그 어려운 환경 속에서도 제작진은 정글 라이프를 촬영하였고, 또 김정만을 비롯한 출연진들은 각자에게 주어진 캐릭터에 맞게 섬에서 역할을 잘 수행했다는 것이다.

그러한 사실이 STV 예능국장에게 전달이 되면서 김정만의 정글 라이프 제작진과 스텝들에게 특별 휴가가 주어졌다.

그리고 원래부터 족장 김정만에게 방송국 차원에서 휴가를 주기로 했기에 김정만과 또 그의 오랜 동료인 노담과 유우진, 그리고 원년 멤버인 미키 김도 방송국 차원에서 필리핀 휴양지에서 사용하는 비용을 전액 지원하기로 해 함께 세부로 왔다.

다만 전혜진과 긴급 투입이 된 주영영, 그리고 최광희와 수현은 각자 소속사 사정으로 공항에서 헤어지게 되었다.

어차피 이들에게는 이곳까지 함께 온 회사 스텝들이 있기에 굳이 방송국에서 끝까지 함께하지 않아도 되었다.

"그동안 고생했다."

"고생은요. 첫날은 날씨 때문에 고생을 하기는 했지만, 그 뒤로는 수현이 덕에 정말 휴가를 즐긴 것이나 마찬가지였는데요."

전혜진은 자신을 향해 고생했다고 말을 해주는 김정만에게 자신이 느낀 바 그대로 말했다.

함께 고생을 하다 보니 이들은 처음 한국을 출발할 때보다 더 가까워져 있었다.

"정말이지 내가 나이가 좀만 어렸더라면……."

전혜진은 말을 하면서 슬쩍 수현을 돌아보았다.

그런데 한국으로 돌아가는 전혜진이나 주영영, 그리고 최광희와는 다르게 그는 무척이나 간편한 복장을 하고 있었다.

한국은 이제 가을로 접어들어 적도와 가까운 이곳과는 다르게 날씨가 쌀쌀한 편인데 입은 복장은 어디 여름휴가를 떠나는 듯한 복장이다.

"그런데 어떻게 수현이는 스케줄이 딱 여기로 잡힌 것이냐?"

김정만은 전혜진과 이야기를 하다가 그녀가 수현을 돌아보자 떠오른 생각을 화제로 꺼냈다.

"그러게 말이에요. 되는 사람은 엎어져도 입에 떡이 들어온다더니, 수현이 바로 그런 것 같아요."

"맞아. 정말이지 세상의 운은 모두 가지고 태어난 놈이야!"

전혜진과 주영영 등 한국으로 돌아가는 사람들을 배웅하기 위해 나온 유우진이 이들의 이야기 속에 끼어들었다.

"운은 무슨, 그만큼 노력을 하니 그게 돌아오는 것이지."

김정만은 유우진의 이야기를 듣고 그동안 자신이 수현을 보면서 느낀 점을 이야기하였다.

작년 수현이 데뷔를 하고 도전! 드림팀에서 활약을 하고 있을 때, 함께 출연한 미키 김의 소개로 처음 인연을 맺었다.

그 뒤로 종종 만나 함께 운동을 하면서 친해진 수현과 김정만은 두 사람 모두 운동을 좋아했기에 자주 함께 시간을 보냈다.

그러면서 김정만은 수현이 그저 운이 좋아 톱스타 최유진의 도움을 받아 반짝 인기를 끄는 아이돌이 아니라, 정말로 열심히 자신에게 주어진 것들을 소홀히 하지 않고 노력한다는 것도 알게 되었다.

그래서 지금 유우진이 하는 말에 자신이 느낌 점을 이야기한 것이다.

"제가 봐도 수현 씨는 정말이지 엄청난 것 같아요. 이야기만 들었을 때는 그저 그런가 보다 했는데, 이번 정글 라이프를 함께 촬영하면서 느꼈어요."

전혜진은 진지한 표정으로 이야기를 하면서도 수현의 얼굴에서 시선을 떼지 못했다.

"혜진이가 정말로 아까운가 보다."

노담은 전혜진의 모습에 놀려주고 싶었는지 그리 말을 하였다.

"오빠, 오빠도 진지하게 생각을 해보세요. 오빠가 여자였다면 수현이 같은 남자를 보면 어떤 기분이 들겠어요?"

자신을 놀리는 노담에게 전혜진은 진지하게 질문을 던졌다.

"음…… 아마 나도 너랑 다르지 않았겠지?"

노담은 전혜진의 질문을 받고 잠시 생각을 해보았는데, 머릿속에 떠오른 것은 수현이 정글 라이프를 찍으면서 보여준 활약들이었다.

부족원들을 위해 비를 맞으면서도 사냥을 해 온 모습, 그리고 자신이 사냥해 온 것들을 직접 손질을 하여 요리하는 모습 등이었다.

노담은 그동안 정글 라이프를 찍으면서 유명 셰프가 함께했던 적도 있고, 그들이 해주는 요리를 먹어보기도 했다.

수현이 해준 요리는 분명 그들이 해준 요리보다 비주얼적으로는 떨어졌지만, 맛에서는 결코 그들 못지않았다.

아니, 그들은 제작진에게 양해를 구하고 자신이 직접 만든 비법 양념을 가져와 요리를 하였다.

그러니 당연히 셰프가 만든 요리는 맛이 있었다.

하지만 수현은 전혀 그런 것의 도움을 받지 않고, 자연에서 얻어지는 재료만을 가지고 요리를 하였는데도 그와 비슷한 맛을 냈다.

어떻게 그런 맛을 낼 수 있는지 도저히 이해할 수가 없었지만, 촬영 때는 그런 것을 생각할 겨를이 없었다.

그렇지만 촬영이 끝난 지금에 와서 기억을 더듬어보니 수현이 얼마나 대단한 능력을 가지고 있는지 깨달을 수 있었다.

그러니 전혜진의 질문에 노담은 그런 대답을 할 수밖에 없는 것이다.

"여자들이 수현 씨에게 열광하는 것은 그가 잘생겨서만은 아니란 것을 알아주었으면 좋겠어."

마치 선언을 하듯 전혜진이 그렇게 김정만과 노담, 그리고 유우진을 보며 작게 속삭였다.

"허허, 혜진이가 정말이지 단단히 홀렸네."

유우진은 단호하게 이야기하는 전혜진을 보며 자신도 모르게 작게 중얼거렸다.

물론 유우진이 작게 중얼거렸다고는 하지만, 너무도 가까이 있던 관계로 전혜진이나 주변에 있던 김정만과 노담도 모두 들었지만 다들 아무런 말을 하지 않았다.

― AM 10:00 **출발하는 대한항공 384기 4번 게이트로 탑승해 주시기 바랍니다. 다시……**.

출연자들이 한국으로 떠나는 비행기를 기다리면서 이야기하고 있을 때, 스피커에서 이들이 타고 갈 항공편이 탑승 수속을 한다는 알림이 들렸다.

"어! 수속한다."

"네. 저희 이제 가볼게요."

전혜진이 대표로 김정만에게 인사를 하였다.

"그래. 한국에 가서 한번 보자."

김정만은 작별 인사를 하는 전혜진과 최광희, 그리고 주영영을 보며 나중에 한국으로 돌아가면 시간을 내서 만나자고 이야기를 하였다.

물론 그것은 단순하게 겉치레 인사말을 하는 것이 아니라 실제로 스케줄을 맞춰 만나자는 약속을 하는 것이다.

"네. 전화 주세요. 그럼 시간을 낼게요."

소속사는 다 다르지만 김정만과의 인맥을 위해서라면 그들의 소속사에서도 굳이 김정만과 식사 한 끼 하는 것을 막지는 않을 것이다.

"어서 들어가 봐."

"네. 그럼 저희 먼저 가볼게요."

전혜진과 주영영, 그리고 최광희는 그렇게 김정만과 필리핀에 남은 사람들을 뒤로하고 한국으로 돌아가는 비행기에 몸을 실었다.

"우리도 이만 가자."

며칠간 함께 고생을 했던 멤버들과 헤어진 마음에 약간 허전하기는 했지만 그들도 일정이 있기에, 그리고 방송국에서 포상 휴가 차원에서 경비를 지원해 주는 것을 포기할 수는 없지 않은가.

"네. 그런데 수현이는 이제 어디로 가는 거냐?"

노담은 김정만의 말에 먼저 대답을 하고 수현에게 물

었다.

"네, 전 여기 막탄 섬에서 하루 보내고 내일 만다나오로 떠나요."

"그래?"

"예. 거기서 저희 그룹 멤버들과 합류해서 화보 촬영을 하고 돌아갈 예정이에요."

원래 수현의 스케줄은 정글 라이프 촬영이 끝나면 바로 한국으로 복귀하는 것이었다.

한국에서 화보 촬영이 있었기 때문이다.

그런데 원래 한국에서 찍기로 했던 화보 촬영의 계획이 바뀌어 필리핀 만다나오 섬에서 촬영을 하게 되었다.

하지만 화보 촬영 일정과 정글 라이프 촬영이 끝나는 시기가 비슷하긴 했지만 정확하게 맞아떨어지진 않았다.

그래서 이틀간의 갭이 생겼는데, 킹덤 엔터에서는 굳이 수현이 정글 라이프 촬영을 끝내고 한국으로 들어왔다가 다시 화보 촬영지인 필리핀으로 출국을 하기보단 그간 고생을 했으니 휴식도 취할 겸 필리핀에서 며칠 혼자 있으라고 권하였다.

정글 라이프 촬영을 하면서 고생했을 터인데 굳이 이중으로 고생할 필요가 뭐 있냐는 이야기였다.

수현은 전혀 힘들지 않았지만, 회사에서 배려를 해주는데 굳이 그것을 걷어찰 이유가 없었다.

그 때문에 수현과 함께 정글 라이프에 따라왔던 로드 매니저만 뜻하지 않은 휴가에 즐거워하였다.

　김정만의 정글 라이프에 섭외가 된 수현을 수행해 왔던 매니저는 촬영에 들어가면서부터는 딱히 할 일이 없었다.

　즉, 정글 라이프 촬영 첫날부터 그는 휴가였던 셈이다.

　그런데 촬영이 끝나 한국으로 돌아가려던 찰나 회사에서 연락이 와서 화보 촬영지가 필리핀이라는 이야기를 들었을 때, 그는 속으로 환호를 하였다.

　현실적으로 로드 매니저에게 휴가는 꿈도 꾸지 못할 일이다.

　박봉에, 자신이 맡은 스타의 스케줄에 꿰어 움직이는 처지라 3D 직종 중 하나가 바로 연예인 매니저다.

　그러니 톱 아이돌 그룹의 리더를 수행하는 매니저는 오죽하겠는가. 처음 수현이 정글 라이프에 출연을 하겠다고 했을 때, 로열 가드 매니저들은 하나같이 수현을 수행하는 것을 거부하고 나서서 하는 수 없이 제비뽑기를 했다.

　그러다 막내 매니저인 용근이 당첨되었다.

　용근은 수현이 연예인이 되기 전 수현의 전 애인인 안선혜의 사주로 수현을 테러한 양아치 무리의 리더였다.

　하지만 도리어 수현에게 털린 뒤로 개과천선하였다.

　고등학교 중퇴로 학력이나 행실이 방정치 못해 무위도식하던 용근과 그 무리들은 수현이 연예인으로 데뷔하고 인기를 끌면서 매니저가 필요하게 되었는데, 이때 수현의 소개로 킹덤 엔터에 로드 매니저로 입사를 할 수 있었다.

물론 아무리 수현의 소개였다고 하지만 처음부터 정식 매니저는 아니었다.

우선 계약직으로 등록을 하고, 일하는 모습을 보고 정식 직원으로 변환해 준다는 약속하에 매니저로 들어왔다.

용근을 비롯해 친구들까지 총 다섯 명이 킹덤 엔터에 신입 매니저로 입사를 했지만, 친구 두 명은 적응을 하지 못하고 중간에 퇴사하고 이제 셋만 남았다.

그중 용근과 선희는 로열 가드의 로드 매니저로 남고 준희는 다른 팀으로 자리를 옮겼다.

그리고 용근은 작년 겨울 입사한 지 세 달 만에 정식 직원으로 계약이 변경되었다.

정말이지 용근은 그때 수현에게 감사 인사를 엄청 했었다.

학창 시절 사고를 치고 퇴학을 당해 사회에서는 아무것도 할 수가 없었다.

이미 사고 친 경험으로 폭력이란 주홍 글씨가 쓰인 그의 이력 때문에 어디서도 환영받지 못했다. 어쩔 수 없이 그는 양아치 짓을 하고 다녔다.

그런데 악연도 인연이라고, 수현의 계도로 양아치에서 연예인 매니저로 거듭나게 된 것이다.

고생은 되었지만, 직장 생활을 하면서 가족들에게나 본인 자신에게나 떳떳할 수 있다는 점에서 그 정도는 충분히 감당할 수 있었다.

하지만 한편으로는 너무도 고된 일에 가끔 엉뚱한 생각이 들기도 했는데, 이번 필리핀행은 그에게 뜻하지 않은 행운을 가져다주었다.

고생스러울 것이라 생각했던 필리핀행이 뜻하지 않은 휴가가 되었다.

그래서 수현의 정글 라이프 촬영이 끝나 한국으로 돌아가야 할 때가 되자 또다시 고생문을 열고 일상으로 돌아가야 한다는 생각에 답답한 마음이 있었다.

그런데 로열 가드의 화보 촬영을 이곳 필리핀에서 한다는 소식과 함께 하루 더 쉬고 미리 촬영지에 가서 기다렸다가 합류하라는 소식에 용근은 뛸 듯이 기뻤다.

그리고 한용근은 그런 기분이 십분 반영된 복장으로 지금 공항 밖에서 수현이 나오길 기다리고 있었다.

"뭐냐?"

막 수현과 함께 공항을 나오던 김정만이 요란한 복장에 선글라스를 쓰고 있는 남자가 자신들을 보며 손을 흔드는 모습을 보고 중얼거렸다.

"으, 내 정말……. 제 매니저예요."

수현은 김정만의 말에 고개를 숙이며 고개를 흔들었다.

"어떻게 된 것이, 수현이 네 매니저가 더 신난 것 같다."

노담은 손을 흔드는 용근의 모습에 수현을 돌아보며 이야기하였다.

"신난 것 같은 것이 아니라, 정말로 신났어요. 휴가라나 뭐라나."

수현은 대답을 하다 말고 용근을 한 번 쳐다보고는 다시 노담을 보았다.

"아무튼 매니저가 기다리니 저 먼저 가보겠습니다."

"그래. 너도 나중에 한국에 돌아가서 한번 보자."

김정만은 매니저가 기다리는 수현에게 작별 인사를 하였다.

"네. 그럼 한국에서 뵙겠습니다."

수현은 김정만과 노담, 그리고 유우진과 미키 김을 돌아보며 작별 인사를 하고는 자신을 향해 손을 흔들고 있는 한용근에게로 향했다.

*   *   *

쿵쿵짝. 쿵쿵짝.

찰칵. 찰칵.

음악 소리가 울리고 그에 맞춰 아홉 명의 사내가 열심히 안무를 하고 있었다.

그리고 안무를 추는 사내들의 앞에서 카메라를 든 또 다른 사내가 연신 셔터를 눌렀다.

"좋아요. 좀 더 강렬하게, OK! 퍼펙트!"

포토그래퍼는 로열 가드가 음악에 맞춰 춤추는 모습을 자신의 카메라에 담으면서 연신 포즈에 대한 지시를 하면서도 카메라에 담긴 피사체를 감정하듯 칭찬과 탄성을 연발하며 계속해서 셔터를 눌러댔다.

그것이 그의 일이기에 포토그래퍼는 간간이 마음에 들지 않는 모습이 카메라에 잡히면 살짝 잔소리를 하면서도 손으로는 쉬지 않고 카메라의 셔터를 눌렀다.

"그만! 잠시 쉬다 가겠습니다."

노래가 중단이 되고 로열 가드가 추던 안무가 마무리되자, 사진을 찍던 포토그래퍼가 촬영 중단을 선언했다.

그도 그럴 것이, 이른 아침을 먹고 시작된 촬영은 벌써 세 시간이나 계속되고 있었다.

물론 중간중간 휴식이 주어졌지만 그것은 말 그대로 잠깐의 휴식이었다.

마치 고등학생이 50분 수업을 하고 10분 쉬는 시간을 갖는 것처럼 50분간 연속 촬영을 하고 10분간 화장실을 가거나 춤을 추면서 떨어진 체력을 보충하는 시간이 주어진 것뿐이었다.

연예인에 대해 모르는 사람들이야 겉으로 드러나는 화려

함만을 보지만, 실제로 연예인은 그렇게 화려하고 쉬운 일만은 아니다.

화려한 백조가 물 위에서 우아하게 떠 있지만 물 밑으로는 빠지지 않기 위해 열심히 발로 물질을 하고 있다는 사실은 누구나 알고 있다.

연예인도 마찬가지다. 화려한 그들의 삶도 안으로 깊게 들어가면 그러한 것들을 영유하기 위해 갖은 노력을 다한다.

때로는 인간으로서 모멸감이 들 정도의 욕도 들을 때도 있고, 또 때로는 육체적 고통을 감내해야 할 때도 있다.

그리고 지금이 바로 그런 때이다.

뜨거운 남국에서, 그것도 기온이 높은 밝은 대낮에 백사장에서 50분간 음악에 맞춰 춤을 춘다는 것은 보는 것보다 더 힘겨운 일이다.

물론 영상으로 남는 광고나 뮤비와 달리 정지된 순간을 담는 화보 촬영이기에 상대적으로 체력이 덜 소모되기는 하지만, 힘든 것은 마찬가지였다.

그럼에도 일이기에 로열 가드의 멤버들은 포토그래퍼의 지시에 따라 열심히 안무를 추었다.

"다음 촬영은 점심 먹고 두 시부터 촬영을 하겠습니다."

"알겠습니다. 작가님, 수고하셨습니다."

"수고하셨습니다."

포토그래퍼의 선언에 리더인 수현이 대답을 하고 뒤이어 다른 멤버들도 인사를 하였다.

"고생했다. 마셔."

로열 가드의 총괄 매니저인 전창걸이 얼른 이들에게 다가와 들고 있던 음료를 건넸다.

장장 50분이나 연속해서 춤을 추다 보니 지금 로열 가드 멤버들의 몸에선 연신 땀이 흐르고 있었다.

조금 전 촬영에 들어가기 전에도 흐르는 땀을 닦아냈지만 금방 또다시 땀으로 범벅이 된 것이다.

"전 괜찮으니 동생들 먼저 주세요. 자."

수현은 자신에게 먼저 건네지는 음료를 자신의 옆에 있는 윤호에게 건넸다.

"리더인 형이 먼저 드세요."

윤호는 자신에게 내미는 음료를 보며 수현에게 먼저 먹으라고 사양했다.

작년 9월에 데뷔를 하고 이제 2년차에 들어가는 로열 가드다.

그렇지만 윤호가 보는 로열 가드의 리더 수현은 절대 자신들과 동급으로 생각되지 않았다.

아이돌이 되기 위해 킹덤 엔터에 들어와 연습생이 되어 교육받은 연수로만 따진다면 수현이 오히려 이들보다 후배였다.

하지만 수현은 연습생이 어쩌고 하는 기준으로 볼 수 없는 사람이었다.

톱스타 최유진의 경호원으로 회사에 들어왔다가 벼락 캐스팅이 되었으며, 모델로서 화보 촬영은 물론이고, 자신들보다 먼저 연예계에 데뷔를 하였다.

물론 그때는 큰 주목을 받지는 못했다.

다만 잘생긴 외모 덕분에 몇몇 팬들이 수현을 알아보았고, 적지만 팬도 가지고 있었다.

그러다 작년 정식으로 아이돌 데뷔를 앞둔 자신들과의 합류하고 춤과 노래를 접하게 되면서 장족의 발전과 동시에 로열 가드로 데뷔를 하게 되었다.

처음 회사에서는 이들을 모두 데뷔시키는 것이 아니라 이들 중 잘하는 일부 멤버들만 추려 데뷔를 시킨다는 계획이었다.

하지만 수현이 본격적으로 실력이 늘면서 처음 계획이 수정되고, 두 팀으로 나눠 데뷔를 하는 것으로 최종 계획이 변경되었다.

하지만 그것도 얼마 후 얘기가 달라졌다.

두 팀을 담당하는 김재원 상무가 제안을 꺼냈다. 굳이 그룹을 두 팀으로 나눌 필요가 있냐는 의견이었다.

요즘 아이돌은 유닛 활동도 활발하게 하니 일단 광고 효과를 위해 한 개의 그룹으로 데뷔를 시킨 뒤, 그룹이 안정적으로 자리 잡으면 그때 기회를 봐서 두 개의 유닛으로 활동한다는 것으로 다시 계획이 바뀌었다.

그리고 그 계획은 대성공이었다.

처음 수현이 그룹을 알리기 위해 TV에 출연을 하였다.

이때 회사에서 보유한 스타 중 최고의 주가를 날리는 최유진의 후원도 한몫했다.

그러니 로열 가드가 팬들의 기억 속에 안착하는 것은 당연한 일이었다.

그렇다고 로열 가드 멤버들의 노력이 폄하되는 것은 아니다.

성공을 하기 위해 로열 가드 멤버들도 각자가 가진 역량을 십분 발휘하여 인기몰이에 이바지하였다.

그러는 과정에서 수현은 로열 가드 멤버들이 갑자기 얻은 인기로 인해 연예인병이 걸리지 않게 곁에서 잘 조절을 하였다.

때로는 따끔한 훈계와 정당한 훈육으로 자칫 흐트러질 수 있는 정신을 바로잡았다.

만약 무턱대고 너 잘못했어, 그러니 벌을 받아야 돼. 라고 했더라면 아마 멤버들은 리더인 수현의 말을 따르지 않았을 것이다.

하지만 수현은 조리 있는 말솜씨로 설명을 함으로써 멤버들 모두 본인 스스로가 자신의 잘못을 인정하게 만들었다.

그렇기에 로열 가드 멤버들은 크게 엇나가지 않을 수 있었다.

그러니 로열 가드의 막내라인에 속하는 윤호로서는 리더인 수현의 말이나 행동이 너무도 멋있게 느껴졌다.

다른 형들은 자신의 나이를 앞세워 윽박지르려는 성향이 있는 반면에 수현은 절대로 그러지 않으니 말이다.

그러다 보니 윤호는 자연스럽게 수현의 행동이나 말을 따라 하려는 경향이 나타났다.

로열 가드 내에는 윤호 말고도 수현의 행동을 따라 하고, 또 모든 것들을 본받으려는 멤버들이 많았다.

아니, 모든 멤버들이 수현을 자신들과 같은 선상에 놓고 비교하지 않고 본받을 사람이라 인식하고 있었다.

그런 생각이 행동으로 나타난 것이다.

*   *   *

미국지질조사국(USGS)은 지형과 지질, 천연자원, 자연재해 등을 연구하는 연구 기관으로 내무부 산하의 국방부 직할부대 및 국방부 직할부대 및 기관이다.

이들의 주요 임무는 지구를 이해하고 신뢰할 만한 과학 정보의 제공, 자연재해를 연구하여 생명과 재산의 보호 및 손실 최소화와 물, 생물학, 에너지, 천연자원의 관리와 국민 삶의 질 증가와 보호 등이다.

요약을 하자면 지구를 연구함으로써 자원의 분석과 확보, 자연재해로부터 국민을 보호하는 일이다.

그런 USGS의 활동이 21세기에 들면서 더욱 활발해졌다.

그도 그럴 것이, 21세기 들어 지구온난화와 빙하의 녹는 속도가 빨라지면서 해수면에 변화가 일고 지구판들의 이동이 활발해진 때문이다.

특히나 10여 개로 이루어진 판들이 이동을 하면서 발생하는 지진은 허리케인으로 매년 막대한 피해를 입는 동부와 불의 고리에 들어가는 서부 지역 때문에 중점적으로 연구되고 있었다.

그런 USGS에서 올해 태평양판과 필리핀판의 이동으로 대규모 지진해일이 발생할 수 있음을 경고하였다.

＊　　　＊　　　＊

띠. 띠. 띠.

커다란 실내, 흰색 가운을 입은 사람들이 분주히 돌아다니고 있었다.

그들은 작은 모니터를 들여다보며 무언가를 체크하고 있었는데, 하나같이 심각한 표정들이었다.

"제임스."

"왜?"

"지금 필리핀판과 태평양판 사이의 에너지 값이 얼마나 돼지?"

USGS의 지질 연구소 수석 연구원인 카메룬 박사가 동료 연구원인 제임스에게 물었다.

벌써 몇 개월째 지진 발생 시기를 쫓고 있는 이들은 어젯밤부터 갑자기 증가하는 필리핀판과 태평양판 사이의 경계 지역 에너지 값으로 인해 긴장하며 변화를 주시하는 중이다.

"조만간 폭발할 것 같아."

"그럼?"

"응, 벌써 임계점은 넘었는데, 아직도 더 오르고 있어."

수석 연구원인 카메룬의 질문에 제임스는 고개도 돌리지 않고 대답하였다.

그런 제임스의 대답에 카메룬은 심각한 표정을 지으며 중얼거렸다.

"이거 쓰나미 경보를 해야 하는 것 아냐?"

카메룬은 심각한 표정으로 중얼거렸다.

쓰나미는 지진이 해저에서 발생을 하여 비롯되는 너울 현상이다.

10m가 넘는 엄청난 크기의 파도가 수십 km로 밀려오면

엄청난 피해 상황이 벌어진다.

특히나 2004년 발생했던 동남아 쓰나미는 수십만의 인명 피해와 천문학적인 금전적 피해를 발생시키면서 동남아 경제를 엉망으로 만들었다.

그 여파로 세계 경제가 흔들릴 지경에 이르기도 했다.

그 때문에 카메룬은 미국에 대한 직접적인 피해는 아니지만, 이대로 방치를 했다가는 미국에도 엄청난 피해를 가져올 것이 뻔해 고민을 하는 것이다.

"난 소장님께 보고를 하고 올 테니, 계속해서 지켜보고 변화가 보이면 알려줘."

"알았어."

제임스는 여전히 카메룬 박사의 말에 고개도 돌리지 않고 대답을 하였다.

'2004년 때보다 강력한 놈이 나올지도 모르겠군!'

제임스는 모니터에 떠오른 에너지 값을 보며 표정이 굳었다.

지표 아래 마그마의 온도를 체크하는 에너지 값은 높은 값일수록 지진의 강도가 올라간다.

2004년 발생한 인도네시아 수마트라 섬 앞바다에서 발생한 규모 9.3의 강진이 발생을 했는데, 당시 발생한 지진의 강도는 2차 세계대전에서 히로시마에 떨어진 원자폭탄 2만 3천 개를 한꺼번에 떨어뜨린 것과 맞먹는 규모였다.

그런데 지금, 지진이 발생했던 인근 지역에 당시보다 더 강한 에너지가 쌓이고 있었다.

즉, 그 말은 2004년 발생한 지진보다 더 강한 9.3 이상의 강진이 또다시 발생할지도 모른다는 이야기다.

"그들이 우리의 보고를 믿고 받아들여야 할 텐데……."

점점 값이 올라가는 그래프를 보면서 제임스는 자신도 모르게 중얼거렸다.

아무리 USGS가 유명한 지질 연구소라고는 하지만 타국의 연구소일 뿐이다.

지진 발생 예정 지역의 자국 정부가 자신들의 조언을 그대로 받아들일지는 별개의 문제였다.

그 때문에 제임스는 심각한 표정으로 그저 그 나라 정부 관료들이 과거의 교훈을 잊지 말고 자신들의 조언을 받아들이기를 기원할 뿐이었다.

*   *   *

미국의 영화감독이자 극작가인 제임스 로렌스는 아침부터 기분이 좋지 못했다.

차기작 준비로 스트레스를 받던 그는 잘 써지지 않는 시나리오 때문에 가족, 그리고 스텝들과 트러블이 발생을 하였다.

그 때문에 금실 좋기로 소문났던 제임스 부부는 자칫 이혼의 위기까지 몰렸었다.

그나마 친구인 멜라니 깁슨의 조언으로 자신의 잘못을 사과하고 용서를 구한 뒤, 영화 작업으로 휴가를 가지 못한 것을 떠올리며 외국으로의 여행을 추천받았다.

일상의 변화를 겪으면 막혔던 시나리오 작업도 활로를 찾을 수 있을 것이란 생각에 그는 멜라니의 조언을 받아들여 현재 가족과 함께 세계 일주를 하는 중이다.

뉴욕을 기점으로 북유럽과 남유럽, 그리고 아프리카를 거쳐 동남아시아에 도착을 하였다.

휴가를 겸한 이번 여행은 멜라니의 조언처럼 그의 막혔던 시나리오 작업에 활로를 만들어주었다.

하지만 애초에 가족 여행이었기에 작업을 하고 싶은 그의 마음과 다르게 시나리오 작업을 할 수 있는 시간적 여유를 좀처럼 가질 수 없었다.

그런데 유럽과 아프리카를 여행할 때까지만 해도 활기찼던 그의 가족들도 지쳤는지, 이곳 필리핀에 도착을 하면서는 조용히 휴식을 취하길 원했다.

그 때문에 제임스는 뜻하지 않은 여유 시간을 얻게 되면서 시나리오 작업을 할 시간을 벌 수 있었다.

하지만 이번에도 그의 시나리오 작업은 순탄치 못했다.

그도 그럴 것이, 그가 작업을 하려던 곳 인근에서 요란한 음악 소리가 들려왔기 때문이다.

알아보니 옆 리조트에 한국이란 나라에서 온 연예인이 화보 촬영을 하는데, 그들이 틀어놓은 노랫소리였다.

그리 큰 소리는 아니었지만 막혔던 시나리오를 이제 겨우 쓰려던 그에게는 여간 신경이 쓰이는 것이 아니었다.

하지만 자신의 기분 때문에 미리 신청을 하고, 또 계약한 리조트에 양해를 구하고 작업하는 그들에게 항의를 할 수는 없었다.

비록 같은 업종은 아니었지만, 그 또한 영화감독으로서 그들의 작업에 대해 알고 있기에 불편해도 그냥 놔두는 것이다.

그렇지만 이해는 이해고, 그것을 참는 건 다른 문제다.

아예 큰 소음이었다면 항의라도 하겠지만, 음악 소리가 은근하게 귓가에 맴돌면서 그가 시나리오 작업에 몰두하는 것을 지속적으로 방해하였다.

"허니! 우리 왔어요."

쪽.

제임스의 아내 이사벨라는 딸과 함께 쇼핑을 다녀오자 거실에 있는 그에게 다가와 키스를 하였다.

오랜만에 가족 여행을 온 그녀는 요 몇 주가 너무도 즐거웠다.

영화 촬영이다, 시나리오 작업이다 해서 18년간 결혼 생활을 하는 동안 남편 제임스가 그녀와 함께 보낸 시간은 불과 1년 정도뿐이다.

물론 17년을 모두 집이 아닌 밖에서 지냈다는 말이 아니라, 남편 제임스가 일을 하지 않고 집에서 보낸 시간만 합치면 그 정도였다는 소리다.

그 1년도 결혼하고 가졌던 신혼 때가 대부분 차지하고, 그 이후로 제임스는 집에 들어오는 시간보다 밖에서 영화를 찍거나 시나리오 작업으로 외부 작업실에서 일을 할 때가 대부분이었다.

그러다 보니 점점 가정의 일에 소홀히 되고 이혼의 위기에 처한 때도 있었다.

그런 때 딸 레베카를 임신하게 되면서 한 차례 위기를 넘겼고, 시간이 흘러 또다시 제임스의 지나친 일중독으로 인해 가정에 위기가 찾아올 때면 무럭무럭 자라나는 딸 레베카로 인해 위기를 극복했다.

하지만 가장 최악의 위기는 올해 봄이었다.

딸 레베카도 다 성장해 이제는 본인만의 생활이 필요한 시기라 엄마 이사벨라의 손에서 독립하려는 경향을 보이면서 이사벨라와 제임스의 위기가 다시 불거진 것이다.

이전에는 남편 제임스에게서 찾지 못한 가족 간의 정을 딸 레베카에게 정성을 쏟는 것으로 보충을 하였었는데, 그런 레베카가 자신만의 일을 찾아 독립하려는 모습에서 상실

감을 느낀 이사벨라는 우울증에 걸렸다.

만약 그때, 제임스가 시나리오 작업의 슬럼프 없이 집필 활동이 원활했다면 정말로 이들 부부는 이혼을 하고 각자의 삶을 살아갔을 것이다.

정말이지 호사다마라고, 제임스의 슬럼프와 이사벨라의 우울증이 이들 부부에게는 아이러니하게도 부부간의 사랑을 확인하는 기회가 되었다.

제임스의 슬럼프 극복을 위해 가족 여행을 해보라는 영화사의 조언이 아니었다면 제임스는 아직도 새로운 시나리오를 쓰기 위해 몰두하고 있었을 것이며, 이를 참지 못한 이사벨라는 이번만큼은 반드시 이혼을 했을 것이다.

하지만 제임스가 영화사의 권유를 받아들여 가족 여행을 하면서 이사벨라의 우울증은 자연스럽게 치유가 되었다.

남편의 부재와 딸의 성장으로 본인에 대한 자존감이 일시에 사라지면서 우울증이 왔는데, 그런 것들이 해결되면서 이사벨라의 증상은 빠르게 회복이 됐다.

뿐만 아니라 슬럼프에 빠졌던 제임스 또한 여행을 통해 새로운 시선으로 세상을 보게 되면서 막혔던 활로가 뚫렸다.

그래서 이곳 필리핀에 와서 한동안 손을 놓았던 시나리오를 다시 쓰고 있었다.

물론 이사벨라도 이제는 우울증이 나았기에 남편이 시나

리오 작업을 하는 것에 방해가 될까 봐 오전에 아침을 먹고 쇼핑을 다녀온 것이다.

"무슨 일 있어요?"

"아빠, 나 조금 전에 로열 가드 봤다!"

제임스는 옆 리조트에서 들린 소음으로 인해 작업을 하나도 못해 화가 나 있었지만, 사랑하는 아내와 딸 레베카의 환한 미소에 기분이 풀렸다.

"로열 가드? 그게 뭐야?"

제임스는 딸 레베카가 하는 말을 하나도 알아들을 수가 없었다.

"여보, 있잖아요. 레베카가 요즘 한참 빠져 있는 보이 그룹이에요."

"아! 그 K—POP…… 여기서 그들을 보았다고?"

부인의 설명을 듣고서야 딸 레베카가 하는 말을 알아들은 제임스는 눈을 동그랗게 떴다.

"응. 엄마랑 쇼핑을 하고 돌아오는 길에 옆 리조트에서 그들을 보았어. 그런데 역시나 그들은 너무도 멋있었어! 특히……."

자신이 좋아하는 아이돌을 직접 목격해서 흥분해 있는 딸이 제임스는 무척이나 사랑스러웠다.

하지만 이야기를 듣던 중 뭔가 자신의 머리 한쪽을 거슬리게 하는 단어를 들은 것 같았다.

"특히 리더인 수현은 정말이지 너무도 잘생겼어. 아! 그 넓고 단단한 품에 한 번 안겨봤으면……."

이야기를 하던 중 레베카는 황홀한 뭔가를 상상하는 눈빛이 몽롱하게 풀려가고 있었다.

이미 16세 생일도 지나 성 경험이 있는 레베카는 머릿속에 조금 전에 보았던 로열 가드의 리더 수현이 탈의한 탄탄한 상반신을 떠올리며 상상의 나래를 펼쳤다.

'뭐! 옆 리조트…….'

조금 전 자신의 시나리오 작업을 방해한 소음의 원인을 찾아낸 제임스는 부인과 딸로 인해 잊었던 분노를 다시금 떠올렸다.

"확실히 잘생기긴 했더라!"

어느새 이사벨라도 딸의 이야기에 동조를 하고 있었다.

어려 보이는 동양인들의 특성상 나이를 짐작할 수는 없지만 모두 잘생긴 미남들이었다.

더욱이 그중 단연 돋보이는 존재는 가운데 자리를 잡고 있던 모델 포스가 다분한 미남이었다.

딸 레베카의 설명에 의하면 그가 바로 그룹의 리더라고 했다.

가수이면서 배우이기도 하다는 딸의 설명에 그녀는 다시 보게 되었다.

엄마가 자신이 좋아하는 아이돌에 관심을 보이자 좋아하

며 설명을 하는 레베카에게서 로열 가드에 대해 자세한 설명을 듣다 보니 이사벨라는 놀람을 금치 못했다.

인간은 누구나 신이 주신 재능을 가지고 있다고 생각하는 이사벨라는 딸의 설명을 듣고 나서 자신이 주시한 로열 가드의 리더라는 사람이 신의 사랑을 너무도 많이 받았다는 생각을 하였다.

우선 동양인이라고는 믿기지 않을 정도로 큰 키를 가지고 있었으며, 흔히 볼 수 있는 일반적인 동양인이 아니라 마치 조각상을 보는 듯 비율 또한 완벽했다.

미술을 전공했던 이사벨라는 보는 순간 그의 나체를 그리고 싶은 충동을 느꼈을 정도다.

결혼하면서 그림 그리기를 중단했던 그녀지만, 정말이지 옆에 딸만 아니었다면 달려가 모델이 되어 달라는 제안을 했을지도 몰랐다.

"그렇지! 기사단장님은 레오보다 더 잘생겼어!"

엄마의 말을 들은 레베카는 그녀가 알고 있는 영화배우 중 가장 잘생긴 남자 배우인 레오나르 카프리오를 언급하며 이야기하였다.

"레오보다 잘생겼다고? 레베카, 네가 좋아하는 것이 POP 스타였나? K—POP 아니었어?"

제임스는 미남 배우인 레오나르 카프리오보다 잘생겼다는 이야기를 하는 딸의 말에 고개를 갸웃거렸다.

그가 알기로는 요즘 딸 레베카가 관심을 보이는 분야가 노래이며, 그것도 대중적인 POP이 아니라 아시아의 조그마한 국가의 노래라 알고 있었다.

인종차별주의까지는 아니지만 제임스는 전형적인 미국의 백인이었다.

인종적으로 백인이 가장 완벽한 인간이라고 생각하는 그에게 할리우드에서 가장 잘생긴 미남 배우 하면 가장 먼저 손에 꼽히는 배우가 바로 레오나르 카프리오다.

그런 레오나르보다 더 잘생겼다고 하자 제임스는 자신이 모르는 백인 POP 스타인가 하는 생각에 물어본 것이다.

"아니, 그는 한국의 가수이며 탤런트야!"

레베카는 수현이 백인이냐는 제임스의 질문에 단호하게 말을 하였다.

자신이 좋아하는 존재에 대해 무지한 아빠에게 실망한 레베카는 조금 전 로열 가드를 본 것 때문에 기분이 좋았던 것이 한순간에 나락으로 떨어진 것만 같아 표정이 굳어버렸다.

그런 레베카의 변화에 이사벨라는 얼른 남편 제임스에게 사과하라는 신호를 보내며 레베카를 달랬다.

"아빠가 몰라서 그래. 그는 정말이지 엄마가 봐도 반할 정도로 멋있는 사람이었어. 레베카도 그렇게 생각하지 않아?"

이사벨라는 한번 삐치면 오래가는 딸의 기질을 알기에 즐거운 가족 여행 내내 딸의 눈치를 볼 것을 생각하니 겁이 나 그녀의 기분을 풀어주려 노력하였다.

하지만 남편 제임스는 눈치가 없는 것인지 그런 이사벨라의 생각을 알지 못했다.

다만 조금 전 자신의 작업을 방해했던 존재들 때문에 딸과 사이가 틀어지는 것 같아 로열 가드에 대한 반감만 생겨났다.

"우리 여기서 이러지 말고, 밖에 날씨도 좋은데 점심이나 먹고 오자!"

이사벨라는 남편과 딸의 분위기가 점점 험악해지는 것 같자 얼른 두 사람을 화해시키자는 생각에 외식 제안을 하였다.

고급 리조트였기에 전화만 하면 이곳으로 전문 요리사가 조리한 음식들이 배달을 온다.

하지만 이사벨라는 남편과 딸을 화해시키기기 위해 날씨를 핑계로 외식을 제안했다.

*   *   *

제임스는 점심을 먹고 자신의 무지로 서먹했던 딸과의 관계를 개선하기 위해 리조트에 포함된 해변을 걷고 있었다.

그런데 갑자기 젊은 남성의 고함 소리가 들렸다.

"뛰어! 런~~!"

먼저 들린 말은 무슨 말인지 알아들을 수는 없었지만 뒤이어 들린 단어는 알아들었다.

"무슨 일이지?"

"여보, 무슨 일인데 소란스러운 것이죠?"

"엄마, 수현이야."

"응? 수현?"

"지금 소리를 지르는 사람이 수현이라고. 그가 지금 바다 쪽을 보면서 뛰라고 소리치고 있어!"

젊은 남성의 고함 소리를 듣고 무슨 일인가 어리둥절하고 있는데, 레베카가 소리쳤다.

"엄마, 무슨 일인지는 모르겠지만 뭔가 심상치 않은 일이 벌어진 것 같아."

제임스 가족은 저 멀리 해변에서 주변에 경고를 하고 뛰는 수현의 모습에 긴장하였다.

까아악!

무슨 일인지 사태 파악이 되지 않아 어리둥절해하고 있는 제임스 가족들과는 다르게 조금 전 수현이 보고 있던 곳을 돌아본 관광객들은 비명을 지르며 도망치기 시작했다.

그리고 그제야 제임스 가족들도 수현이 무엇을 보고 경고했는지 깨달았다.

수평선이 갑자기 은빛으로 반짝이기 시작하더니 해변으로 무섭게 다가오고 있었다.

　수평선이 바다의 색깔인 파란빛이 아니라 은빛으로 빛나는 것이 무엇을 뜻하는 것인지 이곳에 있는 관광객들은 잘 알고 있었다.

　처음 이곳에 도착하면 듣는 경고의 말을 아직 기억하고 있었다. 그것은 바로 해저 지진으로 인해 발생하는 너울성 파도, 즉 쓰나미에 관한 경고다.

　이곳 필리핀은 태평양판과 붙어 있기에 해저에서 수시로 지진이 발생을 한다.

　수년 전에도 인근에서 해저 지진이 발생해 수십만 명이 목숨을 잃는 사고가 있었다.

　공항 직원이나 호텔의 안내원들이 들려준 경고를 잘 새기고 있던 이들은 수현의 경고를 무시하지 않고 호텔이나 고도가 높은 안전지대를 찾아 달리기 시작했다.

스파이드

Chapter 6
아비규환

쿵짝. 쿵쿵짝.

"OK! 그만!"

한참 카메라로 로열 가드의 사진을 찍고 있던 포토그래퍼는 점심을 먹고 들어간 오후 촬영의 종료를 알렸다.

"수고했습니다. 다음 촬영은 저녁을 먹고 여덟 시에 시작하겠습니다."

오후 촬영이 종료가 되고 그는 화보 촬영 스텝들에게 이것저것 지시를 내렸다.

한편, 음악에 맞춰 춤을 추던 로열 가드는 포토그래퍼의 촬영 종료 선언에 춤을 멈추고 제자리에 주저앉았다.

오전 촬영에 이어 점심시간에 잠시 휴식을 취했다고는 하지만, 장장 한 시간여를 뜨거운 태양 아래에서 춤을 춘다는 건 아무리 그들이 젊은 청춘이라고 하지만 여간 힘든 것이 아니다.

"아, 힘들다."

"힘이 하나도 없어."

"나도. 아, 저 앞에 천국이 있는데…… 힘이…….”

로열 가드 멤버들이 저마다 힘들다는 것을 피력하고 있을 때, 수현은 담담히 한쪽에 놓여 있는 비치 체어에 놓인 타월을 집어 들었다.

"어? 수현이 형."

"왜?"

"형은 힘들지도 않아요?"

수현이 멀쩡히 걸어가는 모습을 본 윤호는 수현에게 힘들지 않은지 물었다.

"젊은 놈들이 이 정도로 뭐가 힘들다고 그래?"

수현은 별거 아니란 투로 대답하고는 야외 샤워 부스로 가서 촬영 내내 흘렸던 땀을 씻어냈다.

그런 수현의 모습에 윤호와 다른 로열 가드 멤버들은 질린 표정으로 고개를 흔들었다.

"아, 정말 우리 리더는 로봇이야."

"맞아. 어떻게 그렇게 움직이고도 저렇게 힘이 남아 있을 수 있어? 우리 한번 진지하게 조사를 해봐야 하는 것 아냐?"

윤호가 수현의 아무렇지 않은 모습에 질려서 한마디 하자 정수가 그런 윤호의 말을 받아 수현에 대해 조사를 해봐야 한다는 의견을 냈다.

리더인 수현 다음으로 나이가 많은 정수는 수현이 바쁠 때는 수현 대신해서 멤버들을 챙기는 멤버다.

그런 그조차도 가끔 수현의 무한 체력에 경악을 할 때가 한두 번이 아니었다.

"저녁 촬영까지 자유 시간인데, 너희들은 그렇게 바닥에 앉아만 있을 거야?"

수현은 언제 샤워를 마쳤는지 아직도 바닥에 주저앉아 있는 멤버들을 보며 물었다.

"형, 어디 가게요?"

"응. 필리핀까지 왔는데 관광을 해야지."

수현은 윤호의 질문에 별거 아니란 듯 이야기를 하였다.

"관광? 형은 우리보다 먼저 여기 왔었는데, 구경 하나도 안 했어요?"

윤호는 수현의 관광을 나가겠다는 말에 고개를 갸웃거리며 물었다.

자신들보다 일주일은 먼저 필리핀에 온 수현이 관광을 언급하자 놀란 눈으로 쳐다본 것이다.

물론 수현이 일주일 먼저 필리핀에 온 것은 관광을 목적으로 온 것이 아니라 방송 촬영을 위해 자신들보다 먼저 출국한 것임을 잘 알고 있었다.

하지만 그래도 촬영 중간중간 시간이 있으니 충분히 관광을 했을 것이라 생각했는데, 그렇지 않은 것 같아서 물어본 것이다.

사실 로열 가드 멤버들은 수현이 출연한 김정만의 정글 라이프 촬영이 하루 24시간 촬영이 된다는 사실을 알지 못했다.

방송에서도 하루 일과를 보여주지만 부분부분 편집하여 보여주기에 이들은 김정만의 정글 라이프 촬영에 중간중간 휴식 시간이 있을 것이라 생각했다.

"내가 무슨 여길 관광하러 왔었냐? 예능 프로그램 촬영을 위해 먼저 왔었던 것뿐인데."

수현은 작게 중얼거리고는 다시 멤버들을 돌아보았다.

"나랑 함께 관광할 생각이 없으면 난 혼자 나가본다."

수현은 그렇게 이야기하고 막 숙소로 걸어갔다.

"수현이 형, 나도 같이 가."

"같이 나갈 거면 어서 씻고 준비해."

수현은 뒤에서 윤호가 부르는 소리에 그렇게 말하고는 쉼 없이 걸어갔다.

그런 수현의 모습에 윤호를 비롯한 멤버들이 자리에서 일어나 조금 전 수현이 사용한 샤워 부스로 뛰어갔다.

관광을 나간다는 수현의 말에 어디서 힘이 났는지 로열
가드 멤버들은 빠른 속도로 샤워를 마치고 수현의 뒤를 쫓
았다.

＊　　　＊　　　＊

인도네시아 북부 말루쿠 우타라 섬 동으로 30㎞ 떨어진
해저.

쿠구구궁! 꽝!

태평양판과 필리핀판이 맞닿고 있는 해저 화산 지대에서
강력한 지진이 발생을 하였다.

그 강도는 2004년 발생했던 9.3보다 더 강력한 9.7의
엄청난 지진이 발생을 한 것이다.

지진 발생을 주시하고 있던 USGS는 신속하게 지진 발
생 소식을 전달했다.

＊　　　＊　　　＊

"와아! 꺄! 꺄!"

오후 촬영을 마치고 쉬는 시간에 관광을 나온 수현과 로
열 가드 멤버들은 리조트 인근의 해변을 찾았다.

뜨거운 태양 아래에서도 해변에 나와 있는 관광객들은 그 뜨거움도 잊고 휴가를 즐기고 있었다.

"와! 나오니 좋다."

"그러게. 나도 바다에 들어가서 놀고 싶다."

윤호의 말에 성민도 덩달아 자신의 소감을 말했다.

아닌 게 아니라 해변에서 일광욕과 수영을 즐기는 사람들을 보니 자신들도 바다에 들어가고 싶은 기분이 들었기 때문이다.

"오늘 저녁 촬영만 끝나면 며칠 휴가를 준다고 했으니 조금만 참아."

수현은 부장인 전창걸에게서 휴가 이야기를 들었기에 윤호와 성민의 이야기를 듣고는 그렇게 이야기를 해주었다.

그런 수현의 말에 해변을 보며 부러워하고 있던 유호와 성민과 함께하던 다른 멤버들도 눈을 동그랗게 뜨며 수현을 쳐다보았다.

"형, 그게 정말이에요? 우리 화보 촬영 끝나고 바로 돌아가는 것이 아니라, 여기서 며칠 관광을 할 수 있는 것이에요?"

윤호는 수현의 말이 떨어지기 무섭게 사실 확인을 위해 물었다.

"부장님이 내게 그렇게 얘기하셨으니 사실일 것이다."

"와!"

수현의 대답이 떨어지기 무섭게 윤호를 비롯한 로열 가드 멤버들은 환호성을 질렀다.

그도 그럴 것이, 방송 활동은 종료했지만 로열 가드의 활동은 지금도 계속되었다.

9월 팬미팅을 시작으로 대학과 기업들의 축제와 워크숍에 초청이 되어 그곳에서 노래를 불렀다.

그렇게 바쁜 일정을 소화하고 휴식기에 들어갔지만, 그 뒤로도 로열 가드의 멤버들은 쉴 수가 없었다.

그도 그럴 것이, 내년 컴백을 위해 음악 작업을 해야 했기 때문이다.

킹덤 엔터에서는 로열 가드를 명품 아이돌로 키우기 위해 요구하는 것이 많았다.

데뷔할 때야 연예계에 자리 잡게 하기 위해 회사 차원에서 도움을 주었지만, 이제는 어느 정도 자리를 잡았기에 이제는 고급화 전략을 내세울 때였다.

그것이 무엇인가 하면, 이전에는 그저 흔한 잘생긴 남자 아이돌이었다면 이제는 만능 엔터테인먼트로 만들기 위해 교육과 푸시를 하는 중이다.

작곡에 재능이 있는 멤버는 그에 맞는 교육을 시켜 로열 가드의 노래는 이들이 직접 작곡을 하도록 밀어주고, 작사에 재능이 있는 이들은 작사 능력을 키워주기 위해 연습생 때 이상으로 전문교육을 시켰다.

작곡과 작사에 재능이 있는 멤버들뿐만이 아니다.

킹덤 엔터에서는 남은 다른 멤버들도 각자 노래와 춤 외의 한 가지 이상의 특기를 가질 것을 주문하고, 그들에게 맞는 재능을 찾아주기 위해 노력하였다.

그러다 보니 로열 가드 멤버들은 모델과 예능 방송 등에 출연하며 활발한 활동을 하는 수현 말고도 바쁘게 일과를 소화하고 있었다.

그 때문에 로열 가드는 활동기보다 오히려 활동을 끝내고 휴식기에 들어가서 더 바빠졌다.

그러다 보니, 방금 수현이 말한 휴가 이야기는 이들이 절실히 원하고 있던 소원이었다.

"한 일주일 정도 휴가를 준다고 하니, 촬영 끝나고 여기서 한 삼 일 정도 휴가를 보내다 한국으로 돌아갈 거야."

"와!"

휴가가 며칠도 아니고 무려 일주일이나 주어진다는 소리에 멤버들은 조금 전보다 더 큰 소리로 환호성을 질렀다.

"그렇게 알고, 오늘 저녁때 촬영할 화보 촬영도 완벽하게 끝내자."

"네!"

로열 가드 멤버들은 저녁 화보 촬영도 실수 없이 완벽하게 끝내자는 수현의 말에 마치 유치원생들이 선생님의 질문에 대답하듯 일제히 소리 높여 대답을 하였다.

"어?"

동생들의 대답에 빙그레 미소 짓고는 고개를 돌리던 수현의 눈에 이상한 것이 들어왔다.

흔들.

발바닥을 타고 느껴지는 울림. 작은 울렁임이었지만 수현은 확실하게 느꼈다.

그리고 고개를 돌리던 그의 눈에 해변의 바닷물이 한순간 저 멀리 썰물 빠지듯 멀어지는 것이 보였다.

'일 났다.'

수현은 머릿속으로 번쩍하고 한 생각이 스쳐 지나갔다.

"쓰나미다. 뛰어!"

발바닥을 통해 느껴진 진동과 한순간에 썰물처럼 쓸려간 해변의 모습에 수현은 급하게 주변에 있던 동생들에게 경고하고는 뛰라고 소리쳤다.

그리고 자신은 저 멀리 해변에서 빠져나간 바닷물 때문에 어리둥절한 표정으로 있는 이들에게 뛰어가며 계속해서 경고를 하였다.

"모두 도망쳐!"

수현이 고함을 지르며 자신들을 향해 뛰어오자 해변에 있던 사람들은 의아한 표정으로 고개를 갸웃거리며 수현을 쳐다보고만 있었다.

"쓰나미다. 모두 나와! 쓰나미!"

자신의 경고에도 아직도 멀뚱히 쳐다보고만 있는 사람들에게 경고를 한 수현은 달리는 것을 멈추지 않고 아직 경고를 듣지 못한 이들에게 계속해서 쓰나미가 발생했다는 것을 알렸다.

까아악!

해변에서 해수욕을 즐기던 사람들은 수현의 쓰나미라는 경고에 처음에는 그 말의 뜻을 이해하지 못하다가, 수현이 가리키는 손짓을 보고는 일제히 비명을 지르며 바다와 반대 방향으로 도망치기 시작했다.

평화롭던 해변은 쓰나미를 피해 도망치는 사람들로 순식간에 아수라장으로 돌변했다.

두두두두!

"너희도 높고 단단한 건물로 들어가라!"

수현은 자신의 곁에서 달리고 있는 동생들을 향해 그렇게 소리쳤다.

"형은 어떻게 하려고요?"

옆에서 달리던 정수가 물었다.

"내 걱정은 말고, 어서 피해. 난 부장님과 매니저들 찾아봐야겠다."

자유 시간을 즐기기 위해 전창걸과 매니저들을 떼놓고 나왔기에 현재 이들은 그들과 떨어져 있는 상태다.

혹시나 그들이 지금 쓰나미가 밀려오고 있는 상황을 모르고 외부에 있다가 변을 당할 수도 있기에, 수현은 일단 로열 가드 멤버들에게 안전한 곳으로 대피하도록 주의를 주고는 자신은 매니저들을 찾아볼 생각인 것이다.

"위험하게…… 그냥 형도 우리랑 같이 안전한 곳으로 피하자."

"그래요. 부장님하고 매니저 형들도 소식을 듣고 피할 거예요."

정수의 말에 윤호나 다른 동생들도 수현이 매니저들을 찾아 나서는 것을 걱정하며 만류하였다.

"그래서 그러는 것이다."

수현은 자신을 만류하는 동생들을 보며 연예인인 자신들이 어디 있는지도 모르는 상태에서 이들을 케어해야 하는 스텝인 매니저들이 자신들만 안전한 곳으로 숨을 것이라고는 생각지 않았다.

어떻게 하든 자신이 담당하는 연예인을 찾아 나설 것이 분명하기에, 수현은 일단 자신과 함께 있는 동생들을 안전한 곳에 피신을 시키고 본인은 위험을 무릅쓰고 자신들을 찾아 나설 매니저들을 챙길 생각이었다.

"우리의 안전을 확인하지 않는 이상 부장님과 매니저들은 우리를 걱정하며 찾아 나설 것이다. 그러니 내가 그들을 찾아 나서려는 것이야."

"그래도……."

수현이 차분히 설명하였지만 윤호와 성민은 안 그래도 불안한데 큰형처럼 따르는 리더 수현이 곁에 없을 거라니 더 불안감이 들었다.

　"다른 형들이 함께할 것이니 걱정하지 말고 기다리고 있어!"

　수현은 그렇게 불안감에 떨고 있는 동생들을 안심시키며 자신은 본인들의 숙소로 정해진 리조트로 방향을 틀었다.

　"형! 조심해요."

　"수현이 형! 무사히 매니저 형들하고 오세요."

　도망치는 와중에서 로열 가드 멤버들은 수현을 걱정하며 달려가는 수현의 등 뒤로 소리쳤다.

　동생들의 당부를 들으며 수현은 그렇게 리조트로 달려갔다.

＊　　　＊　　　＊

　애애애앵!

　다바오 일대에 쓰나미 경보가 울렸다.

　"뭐야?"

　로열 가드의 화보 촬영을 위해 그들과 함께 온 스텝과 매니저들은 로열 가드의 숙소로 정한 리조트에서 휴식을 취하고 있었다.

원래 담당 연예인들이 움직이면 언제 어느 때든 함께 행동을 해야 하는 이들이지만, 로열 가드 멤버들이 자신들만의 시간을 갖겠다는 이유로 떼어놓고 나간 때문에 이들은 때아닌 휴식 시간을 가질 수 있었다.

그런데 갑자기 리조트의 스피커에서 요란한 사이렌 소리가 울리자 깜짝 놀라 소리친 것이다.

"설마……."

쉬고 있던 이들은 요란한 사이렌 소리에 그게 어떤 경고음인지는 알 수는 없었지만 본능적으로 무언가 잘못되었다는 것을 알 수 있었다.

덜컹!

"쓰나미 경보다. 피해라!"

문을 열고 들어온 전창걸은 쉬고 있는 매니저들과 로열 가드가 화보 촬영을 하는 데 보조하기 위해 따라온 스텝들에게 경고를 하였다.

"부장님, 로열 가드는……."

막 방문을 빠져나가려던 용근이 전창걸을 보며 물었다.

"내가 연락할 테니, 넌 일단 이 자리에 없는 매니저나 스텝들 신원 파악부터 해라."

"예, 알겠습니다."

용근이 자신의 지시에 대답하고 뛰어가는 모습을 본 전창걸의 눈이 빛났다.

사람은 어려운 시기에 그 진가가 발휘된다고 했던가? 용근은 로열 가드의 리더인 수현의 추천으로 들어온 아직은 신입 매니저다.

나이도 어리고, 또 한때 방황을 하며 양아치로 전전했다는 이야기를 들었을 때만 해도 굳이 이런 사람을 매니저로 받아들여도 되나 하는 생각도 했었다.

하지만 용근과 그 친구들을 추천한 사람이 다른 사람도 아니고, 톱스타 최유진 이후로 킹덤 엔터의 이름을 드높이고 있는 신입 아이돌 그룹의 리더지 않은가. 더욱이 수현은 아이돌로서만 활동하는 것이 아니라 그 재능을 발휘해 모델은 물론이고, 연기자로서도 활발히 활동을 하고 있다.

그리고 그냥 활동만 하는 것이 아니라 상당한 지명도를 가지고 있었다.

비록 연기는 단 한 번 했을 뿐이지만 배역에 잘 녹아들어 팬들에게 주연배우 못지않은 인상을 남겼다.

그런 수현이 방황하는 어린 친구들을 갱생시킨다는 생각에 추천을 했기에 받아들였다.

물론 처음부터 좋은 마음에 받아들인 것은 아니다.

수현의 계약 기간은 다른 연예인들에 비해 기간이 짧았다.

이는 수현이 연예인에 대해 그리 긍정적인 생각을 가지고 있지 않은 때에 작성된 계약서였기 때문이다.

물론 현재는 그러한 생각도 많이 달라져 연예 활동에 아주 적극적으로 임하고 있다.

아무튼, 그런 수현이 킹덤 엔터와 매니지먼트 계약을 하고 얼마 지나지 않아 자신의 재능을 뽐내며 스타로 부상이 되었다.

그러니 킹덤 엔터로서는 발등에 불이 떨어진 것이나 다름이 없었다.

설마 수현이 이렇게 이른 시간 내에 톱스타로 발돋움할 줄은 아무도 예상을 하지 못했기 때문이다.

그러니 계약 기간이 끝난 뒤 재계약을 위해선 어떻게 하든 수현의 마음을 붙잡아야만 했다.

그렇다 보니 어지간하면 수현의 비위를 잘 맞춰주려 했다.

그 예가 바로 용근과 그 친구들을 회사에 받아들인 것이다.

그렇게 처음 수현과 악연으로 만났던 용근과 그 친구들은 수현 덕분에 킹덤 엔터라는 대형 기획사에 계약직으로나마 직원이 될 수 있었다.

그리고 수현의 지도와 킹덤 엔터의 매니저 양성 프로그램으로 인해 매니저가 되었다.

물론 킹덤 엔터에 들어온 모두가 회사에 남아 매니저가 된 것은 아니다.

박봉에 힘들고, 또 때로는 욕도 엄청 들어먹는 매니저 생활이 맞지 않아 그만둔 이들도 있다.

　그렇지만 용근과 남은 친구들은 지금이 자신들이 정상적으로 살 수 있는 마지막 기회라고 생각하며 버텼다.

　그런 용근을 지금 부장인 전창걸이 새롭게 보게 된 것이다.

　'쓸 만하네!'

　용근보다 경력이 많은 매니저들도 자신의 경고에 정신없이 도망치기 바쁜데, 이제 매니저가 된 지 1년도 되지 않은 용근이 자신이 담당하는 연예인을 걱정한다던가, 당황하지 않고 지시를 바로 숙지하는 모습에 전창걸은 매니저로서 키워볼 만하다는 생각이 든 것이다.

　하지만 그런 생각도 잠시, 전창걸은 전화기를 들었다.

　일단 자신이 전담하는 로열 가드의 안전 유무가 먼저였다.

　삑. 삑. 삑.

　덜컹.

　막 리더인 수현에게 전화를 하려던 찰나 리조트의 문이 열리는 소리가 들렸다.

　자신도 모르게 고개를 돌린 전창걸은 문 앞에 서 있는 수현의 모습을 발견했다.

　수현을 본 전창걸은 전화기를 내렸다.

"다른 멤버들은?"

전창걸이 가장 먼저 물어본 것은 다른 로열 가드 멤버들의 행방이었다.

"아이들은 피신시켰습니다. 우리도 어서 피하죠."

수현은 침착하게 전창걸에게 답을 해주며 얼른 피신할 것을 권했다.

"다른 매니저들은 보았니?"

"네. 오다 만났습니다. 그래서 아이들이 피한 쪽으로 가다 보면 나오는 만다난 호텔로 가라고 했습니다."

"만다난 호텔?"

"예."

수현은 멤버들에게 높고 단단한 건물로 들어가라고만 하고 헤어졌었다.

하지만 수현이 지금 만다난 호텔을 언급한 것은 그들이 쓰나미를 피해 도망치는 길목에 그런 조건에 맞는 건물 중 가장 가까이 있는 것이 바로 만다난 호텔이기 때문이다.

그래서 매니저들과 스텝들을 찾아오면서 만난 다른 사람들에게도 멤버들이 모여 있을 만다난 호텔로 가라고 이야기하고 뛰어온 것이다.

"알았다. 그럼 우리도 얼른 그곳으로 가자!"

전창걸은 수현의 대답에 고개를 끄덕이며 일단 이곳에서 나가자는 말을 하였다.

＊　　　＊　　　＊

웅성웅성!

만다난 호텔은 쓰나미를 피해 들어온 피난민들로 북적였다.

원래 호텔 투숙객은 물론이고, 쓰나미를 피하기 위해 들어온 관광객들 때문이었다.

뒤늦게 호텔로 들어온 수현과 전창걸 부장은 먼저 도착했을 일행을 찾기 위해 주변을 두리번거렸다.

"제시!"

"제임스!"

"엉엉엉!"

자신의 가족이나 함께 여행 온 일행을 찾기 위해 여기저기서 떠드는 소리가 들렸다.

개중에는 가족이나 일행을 만나 상봉을 하는 이들도 있었지만 대부분 쓰나미를 피해 정신없이 도망을 치는 중이었기에 일행과 헤어져 아직 만나지 못한 이들이 대부분이었다.

"정수야!"

호텔 2층 테라스에서 모여 있는 로열 가드 멤버들을 찾은 수현이 그들 중 박정수의 이름을 불렀다.

"어? 수현이 형!"

아직 도착하지 않은 수현의 걱정에 불안해하는 멤버들을 돌보느라 정신이 없던 박정수는 자신을 부르는 소리에 고개를 돌리다 문을 열고 테라스로 나오는 수현의 모습을 목격하고는 그를 부르며 달려왔다.

덥썩!

"형!"

"뭐야, 징그럽게."

수현은 자신의 품으로 달려와 안기는 정수의 모습에 짐짓 징그럽다며 그를 품에서 밀어냈다.

하지만 그럴수록 박정수의 몸은 더욱 그의 품으로 안겨들었다.

겁이 많은 박정수는 실은 동생들이 있기에 표현하지 않았을 뿐 너무도 무서웠다.

언제나 든든한 기둥과도 같은 수현이 곁에 없다는 사실이 두려웠지만, 수현이 떠나면서 한 당부가 있기에 꾹 참고 멤버들을 보듬고 있었던 것뿐이었다.

그러던 중 정신적 지주인 수현이 나타났으니 얼마나 감정이 북받쳤겠는가.

"사내놈이 이렇게 눈물이 많아서야. 그만 떨어져."

"그래, 남들 보기 창피하다. 혹시 너희 알아보는 팬이라도 나타나면 동성애자로 오해받는다."

수현의 말에 이어 그 뒤로 테라스로 따라 나오던 전창걸이 한 말이었다.

"아! 부장님!"

수현에 이어 전창걸까지 나타나자 테이블에 모여 앉아 있던 다른 멤버들도 일제히 자리에서 일어나 그를 맞았다.

"혹시 매니저들 못 봤냐?"

로열 가드 멤버들이 모두 무사한 것이 확인되자 전창걸은 자신보다 먼저 리조트를 나선 매니저들의 행방을 물었다.

수현이 자신을 찾아오면서 먼저 나간 매니저들을 만나 이곳으로 가라고 했다는 말을 들었기에 물어보는 것이다.

로열 가드 멤버들은 서로의 얼굴을 돌아보며 하나같이 고개를 내저었다.

"그래, 그럼 너희는 여기에 좀 더 있어라. 난 매니저들과 스텝들을 좀 찾아볼 테니."

전창걸이 그렇게 말하고 테라스를 벗어났다.

그런데 수현이 그런 전창걸을 뒤따라 나섰다.

"굳이 날 따라올 필요 없다. 넌 그냥 아이들 좀 데리고 있어라."

막 테라스 문을 열고 호텔 안으로 들어가던 전창걸은 그렇게 자신을 따라나서려는 수현을 말리고는 대답도 듣지 않고 수많은 사람들 속으로 파고들었다.

*　　　*　　　*

수현의 모친 조윤희 여사는 하루 종일 뭔가 불안한 마음에 일이 손에 잡히지 않았다.

"아휴! 사장님, 정신없어요. 그냥 앉아 계세요."

홀 도우미인 정숙은 가게 여사장인 조윤희가 오늘은 무슨 일인지 하루 종일 마음을 잡지 못하고 연신 불안한 모습을 연출하는 것에 걱정이 되어 쉬라고 말을 하였다.

불안감을 떨치기 위해 일이라도 하려는 듯 보였지만, 그게 보는 사람으로 하여금 더욱 위태위태하게 보였기 때문이다.

"하, 안 그러려고 하는데 이상하게 불안한 것이, 뭔가 일이 있는 것만 같아."

"혹시 가스레인지에 불 켜놓고 그냥 나오셨어요?"

평소 친한 친구처럼 지내는 두 사람이었기에 정숙은 그녀에게 불안해하는 이유를 물었다.

"아니, 그런 것은 없어. 다만 자꾸만 이상한 생각이 들어."

조윤희 여사는 자신도 불안감이 드는 이유를 알지 못해 답답했다.

그래서 불안한 마음을 이기지 못하고 자꾸만 좌불안석인 것이다.

이렇게 두 사람이 불안한 원인에 대해 이야기하고 있을

때, 손님들을 위해 틀어놓은 TV에서 긴급 속보가 들렸다.

― 긴급 속보를 알려 드립니다. 한국 시각 금일 오후 세 시 40분 경 인도네시아 북부 말루쿠 우타라 섬 동쪽 30㎞ 떨어진 해저에서 규모 9.7의 강진이 발생했습니다. 이번 지진은 2004년 발생했던 지진보다 무려 0.4나 강력한 지진이며, 지진 발생 후에도 7.6과 6.8의 강한 여진이 발생하였습니다. 이번에 발생한 지진은……

지진 속보가 나오고 있었지만 조윤희와 박정숙은 내용이 눈에 들어오지 않았다.

한국에서 발생한 지진도 아니고 먼 나라의 이야기이기 때문이었다.

하지만 뒤이어 흘러나온 소식에 조윤희는 까무러칠 정도로 놀랐다.

― 이번 지진으로 인해 발생한 쓰나미는 지진 발생국인 인도네시아는 물론이고, 필리핀, 말레이시아, 호주 등 인근에 위치한 나라에도 심각한 피해를 야기한 것으로 알려졌습니다. 특히나 지진 발생 인근 지역은 관광지가 많은 곳으로 우기가 끝나는 필리핀에 우리나라의 관광객들이 많이 몰린 것으로 알려지면서 우리나라 관광객과 교민들의 피해가 크지 않을까 걱정이 아닐 수 없습니다.

스타라이프

"아!"

뉴스를 듣던 조윤희는 순간 외마디 비명을 지르며 쓰러졌다.

그도 그럴 것이, 아들이 필리핀에 촬영 간다고 했었기 때문이다.

평소 자신과 남편이 좋아하는 예능 프로그램에 출연을 하게 되었다며, 일주일 전에 필리핀으로 촬영을 나갔다.

원래는 이미 돌아왔어야 하는 일정이었지만 아들은 회사에서 기획한 화보 촬영도 필리핀에서 찍고 오게 돼서 일주일을 더 필리핀에서 머물다 올 거라 전해왔었다.

그런데 지진이, 그것도 강력한 지진이 발생했다니 걱정이 되지 않을 수가 없었다.

조윤희는 평범한 일반인이었기에 규모 9.7이라는 것이 어느 정도 위력인지는 알지 못하지만 가끔 일본에서 지진이 발생하는 일 때문에 뉴스에서 심심치 않게 지진 사고에 대한 뉴스를 접했다.

그러면서 카메라로 현장을 보여줄 때면 전쟁터가 방불케 할 정도로 피해가 심각했다.

건물은 무너지고, 여기저기 불이 붙은 시설물들, 그리고 종종 보이는 피 흘리는 피해자들의 모습은 조윤희를 두렵게 만들었다.

그런 곳에서 자신의 아들이 고립되었을지도 모른다는 생

각이 그녀를 온전하게 정신 차리지 못하게 하였다.

그런데 인도네시아 해상에서 발생한 지진 속보에 정신 차리지 못하는 사람은 비단 조윤희뿐만이 아니었다.

＊　　＊　　＊

따르릉. 따르릉.

"뭐야?"

소속 연예인들의 홍보 문제로 고심하고 있는 킹덤 엔터 홍보부는 갑자기 울린 전화벨 소리에 깜짝 놀랐다.

가끔 소속 연예인에 대한 루머 때문에 울릴 때도 있었지만, 다른 때와는 다르게 오늘은 부서에 마련된 전화기 전부가 요란하게 울리고 있었기 때문이다.

"뭐 해? 전화 받지 않고?"

홍보부장인 박명환은 전화가 왔는데도 멀뚱히 전화기만 쳐다보고 있는 직원들을 향해 소리쳤다.

아무리 지금이 회의 중이라고는 하지만 회사로 걸려온 전화는 무슨 일이 있더라도 받아야 했다.

"여보세요."

홍보부 이중기 대리가 박명환 이사의 호통에 얼른 전화를 받았다.

"네! 잠시만 기다려 보십시오."

전화를 받던 이중기 대리는 깜짝 놀라며 박명환 이사를 쳐다보다 얼른 사무실 한편에 놓인 TV를 켰다.

"뭐야? 뭔데 회의 중에 TV를 트는 거야!"

전화를 받다 말고 TV를 켜는 이중기 대리의 모습에 박명환이 윽박질렀다.

하지만 켜진 TV 화면에서 드러난 심각한 폐허 현장을 보며 금세 입을 다물었다.

— 이곳은 필리핀의 휴양도시인 세부입니다. 세부는 금일 오후 세 시 40분 인도네시아 해상에서 발생한 해저 지진으로 심각한 피해를 입었습니다. 이번 인도네시아 해상에서 발생한 지진은 21세기 들어 가장 강력한 9.7의 강한 지진으로 2004년 발생했던 동남아 지진보다 더 강력했으며, 피해 규모는 아직 집계되지 않았지만 2004년에 발생했던 지진의 피해보다 훨씬 클 것으로 예상이 됩니다. 특하나 이번 지진은 사전에 예측이 되었고, 미국의 지질 연구소에서 경고를 했음에도 이를 무시한 해당국 정부의 무지가 피해를 더욱 키운 것이 아닌가 하는 이야기가 나오고 있습니다. 우리 정부는……

킹덤 엔터 홍보부의 회의장에는 한동안 아무런 소리도 들리지 않았다.

그도 그럴 것이, 지금 TV 화면에 나오는 곳은 필리핀의 유명 관광지인 세부였다.

킹덤 엔터와 직접적으로 연관은 없지만 그렇다고 아주 없는 것도 아니었다.

세부는 아니었지만 그보다 아래 지역인 만다나오에 킹덤 엔터의 간판이라 할 수 있는 남자 아이돌 그룹이 화보 촬영차 가 있기 때문이다.

"뭐 하고 있어! 얼른 전창걸 부장에게 전화해!"

뉴스 속보를 본 박명환 이사는 아직도 정신을 차리지 못하고 있는 홍보부 직원들을 향해 고함을 질렀다.

"아, 알겠습니다!"

그제야 정신을 차린 직원들은 얼른 화보 촬영차 필리핀에 간 로열 가드의 총괄 매니저인 전창걸에게 전화를 걸었다.

따르릉.

"여보세요."

박명환 이사의 지시로 전창걸 부장에게 전화를 걸고 있는 상황에서도 홍보부의 전화기는 자신의 존재를 알리듯 요란하게 울리고 있었다.

"아닙니다. 저희도 알아보고 있는 중이니 잠시만 기다려 주시기 바랍니다."

전화는 대부분 필리핀으로 화보 촬영을 간 로열 가드의 신변을 확인하는 내용들이었다.

하지만 자신들도 필리핀 인근에서 지진이 발생했다는 것

을 지금 알게 되었다.

그 때문에 이제야 부랴부랴 소속 연예인과 직원들의 신변을 확인하기 위해 연락을 취하는 상태라 전화로 물어오는 기자들에게 답변을 해줄 수가 없었다.

"뭐야? 아직이야!"

"그, 그게, 통화 중입니다."

"이 자식은 도대체 어디에 전화를 하느라 회사에는 연락을 하지 않는 것이야!"

통화 중이라는 이중기의 대답에 박명환 이사는 참지 못하고 버럭 화를 냈다.

"이사님!"

박명환 이사가 연결이 되지 않는 전창걸에게 화를 내고 있을 때 직원 한 명이 불렀다.

"뭐야!"

조금 전부터 박명환 이사의 입에서는 신경질적인 대답만이 나오고 있었다.

"사장님께서 올라오시랍니다."

"뭐? 무슨 일이라고 말씀은 안 하셨나?"

사장인 이재명이 부른다는 소리에 박명환은 고개를 돌리며 물었다.

"아마도 로열 가드의 문제로 부르는 것 같습니다."

박명환의 질문을 받은 직원은 이재명 사장이 박명환을 부른 이유에 대한 자신의 생각을 말했다.

"그래? 알았어!"

대답을 한 그는 이미 회의는 물 건너갔고, 비상 대책을 위해 준비를 해야 할 것만 같았다.

일단 사장이 부르니 사장실에 다녀온 뒤 대책 회의를 하기로 결정하고 회의실을 나가며 지시를 내렸다.

"사장님께 다녀올 테니, 이 대리는 계속해서 필리핀에 있는 전 부장에게 연락을 취해서 상황이 어떤지 물어보고, 나머지는 이후 대책을 생각하고 있어. 돌아와서 회의를 할 것이니."

그렇게 지시를 내린 박명환은 사장실로 향했다.

*   *   *

똑똑.

"들어와."

"부르셨습니까?"

박명환은 방문을 열고 들어가며 인사를 하였다.

"앉지."

킹덤 엔터의 사장인 이재명의 집무실에는 그 말고도 킹덤 엔터의 이사들이 모두 와 있었다.

"소식은 들었나?"

밑도 끝도 없는 질문이 들렸다.

하지만 박명환은 이재명의 질문이 어떤 뜻인지 알고 대답을 하였다.

"전창걸 부장에게 연락은 하고 있는데, 통화 중이라 아직 직접적인 보고를 받지 못했습니다."

사장실 내에 모여 있던 사람들은 박명환 이사의 대답에 표정이 심각해졌다.

보통 이런 일이 발생하면 가장 먼저 회사로 연락을 해야 함에도 아직까지 현장에서 실무자가 회사로 연락이 없었다.

똑똑.

"들어와!"

갑자기 노크 소리가 들리자 이재명 사장이 소리쳤다.

"회의 중이신데 죄송합니다. 필리핀에 나가 있는 로열 가드의 총괄 매니저인 전창걸 부장에게서 연락이 와서 보고드리러 왔습니다."

노크를 하고 들어온 사람은 홍보부의 김인수 부장이었다.

"그래? 현지 상황, 아니, 모두 무사하다고 하던가? 어떻다고 하던가?"

이재명 사장은 급한 마음에 빠른 속도로 물었다.

"예, 현재 로열 가드 멤버들이나 함께 갔던 매니저들과 스텝들 모두 무사하다고 합니다."

"그래? 휴!"

무사하다는 말에 이재명 사장은 일단 안도의 한숨을 쉬었다.

"하지만 머물던 숙소가 이번에 발생한 쓰나미에 쓸려가 대피했던 호텔에 양해를 구해 2층 테라스에서 머물고 있다고 합니다."

"음."

김인수 부장의 보고를 들은 이재명과 이사들은 하나같이 신음을 흘렸다.

다른 사람도 아니고, 킹덤 엔터의 간판 남자 아이돌 그룹이 피난민처럼 외국의 호텔 방도 아니고 테라스 한쪽에서 대피하고 있다는 소리에 한쪽 가슴이 무너지는 것 같은 기분과 자괴감이 들었다.

로열 가드는 킹덤 엔터에서 지금까지 데뷔시킨 남녀 아이돌 그룹 중에서 가장 성공을 한 그룹이다.

그래서 킹덤 엔터의 이재명 사장이나 이사들은 모두 로열 가드에 대한 자부심이 대단했다.

그런데 그런 로열 가드가 피난민과 비슷한 상황에 처해 있다고 하니 기운이 쏙 빠졌다.

"사장님, 제가 바로 현장으로 가보겠습니다."

한쪽에 앉아 있던 김재원 전무가 제일 먼저 정신을 차리고 나섰다.

"그래요. 김 전무가 가보세요."

로열 가드 프로젝트의 한 축을 담당하는 김재원 전무라면 자신을 대신해 현장에서 일을 처리할 수 있을 것이란 생각에 허락을 하였다.

"그럼 전 먼저 가보겠습니다. 혹시 필리핀 소식 더 들어오면 연락을 주십시오."

김재원은 그렇게 자리에서 일어나 인사하고 사장실을 나섰다.

"박 이사."

"예."

"박 이사는 얼른 방금 들은 것들을 아이들 부모님께 알리고, 또 기자들에게도 소식 돌려요."

"알겠습니다."

이재명은 혹시나 뉴스를 보고 걱정할 로열 가드 멤버들의 가족들에게 우선 연락을 하라고 지시를 내렸다.

필리핀에서 로열 가드와 직원들의 소식이 들어오자 킹덤 엔터는 어느 정도 안정을 찾아갔다.

처음 뉴스를 통해 지진과 쓰나미 피해에 대한 소식을 접했을 때와는 확연히 다른 모습들이었다.

Chapter 7
구출

쓰나미의 발생으로 긴급 대피를 한 수현과 로열 가드 멤버들은 바닷물이 육지 깊숙이까지 밀려드는 것을 호텔 테라스에서 지켜보았다.

  처음 쓰나미가 호텔 가까이까지 밀려들 때는 두려움도 있었지만 시간이 흐르면서 어느 정도 진정이 되었다.

  호텔 밖은 아비규환이나 다름이 없었지만 수현의 침착한 태도와 격려 속에서 안정을 찾은 로열 가드 멤버들은 외출을 할 때 가지고 나온 휴대폰으로 쓰나미 발생으로 걱정하고 계실 부모님께 먼저 자신의 무사함을 전하고, 부모님과 통화를 마치고 나선 그동안 자신과 친분을 맺은 사람들에게도 소식을 전했다.

처음 부모님과 통화를 할 때는 정말이지 전화기 너머로 들리는 부모님의 통곡에 가까운 목소리에 수현을 비롯한 멤버들 모두 가슴이 찡했다.

사고 지역 인근에 자식들이 있다는 이유만으로 저렇게까지 걱정을 하실 줄은 예상하지 못했기에 이들은 새삼 부모님의 사랑이 얼마나 크고 하해와 같이 넓은지 깨닫게 되었다.

로열 가드와 이들의 화보 촬영을 케어하기 위해 따라온 킹덤 엔터의 매니저들과 스텝들은 호텔 측에 양해를 구하고 좁지만 2층 테라스에 옹기종기 모여 있었다.

그런데 호텔 밖에서 비명 소리와 함께 도움을 청하는 목소리가 들렸다.

"꺄아악! 살려주세요!"

다급하게 도움을 청하는 목소리에 쉬고 있던 로열 가드 멤버들과 스텝들 모두 자리에서 일어나 소리가 들린 곳으로 고개를 돌렸다.

"어?"

길 건너에서 10대 중반으로 보이는 여자아이가 간신히 야자나무를 붙잡고서 비명을 지르고 있었다.

"로프 좀 찾아봐!"

수현은 여자아이를 확인하자마자 바로 다른 사람들에게

지시를 내렸다.

이렇게 큰 호텔에는 분명 구조 장비가 비치되어 있을 것이라 생각하고 지시를 내린 것이다.

"알겠습니다."

수현의 지시에 매니저 중 막내인 용근이 얼른 자리에서 일어나 대답을 하였다.

하지만 용근은 영어가 되지 않아 호텔 관계자에게 설명을 하기 어려웠기에 수현은 로열 가드 멤버 중 윤호를 붙여주었다.

"윤호야, 네가 용근이하고 함께 가서 호텔 관계자에게 설명을 하고 로프 좀 가져와라!"

"네!"

윤호는 여자아이가 야자나무에 힘겹게 매달려 있는 모습을 안타까운 눈빛으로 쳐다보다가 수현의 지시에 용근과 함께 테라스를 나섰다.

"아악! 도와주세요!"

윤호와 용근이 로프를 구하기 위해 자리를 벗어나기가 무섭게 위태롭게 야자나무에 매달려 있던 여자아이는 조금 전보다 더 다급한 목소리로 도움을 청했다.

"엇, 안 되겠다."

수현은 계속 여자아이를 주시하고 있었는데, 아무래도 로프를 구해 올 동안 버티지 못할 것 같았다.

"아무래도 안 되겠다. 윤호가 로프 구해 오면 여기 난간에 묶고 대기하고 있어."

"형, 어떻게 하려고?"

수현의 지시에 정수가 물었다.

"아무래도 저 아이가 윤호가 올 때까지 버티질 못할 것 같다."

"하지만……."

정수는 수현의 말에 눈을 크게 뜨며 놀라 소리쳤다.

정수가 무엇 때문에 그러는지 알지만, 눈앞에서 다른 사람이 죽어가는 모습을 그냥 지켜볼 수만은 없었다.

"너무 걱정하지 말고, 내가 조금 전에 한 말이나 기억했다가 내가 신호를 보내면 로프를 던져."

"알았어요."

수현은 그렇게 정수에게 이야기를 해놓고 테라스 난간에 서서 주변을 살폈다.

야자나무에 매달린 여자아이에게 접근할 루트가 머릿속에 그려지자 지체 없이 뛰어내렸다.

첨벙.

비교적 높은 위치에 있는 호텔이었지만 밀려든 바닷물은 수현의 허리에까지 차올랐다.

"후욱."

일반인과는 비교도 되지 않을 신체 능력을 가지고 있는

수현이라도 여자아이가 있는 길 건너까지 가는 것은 힘겨웠다.

그만큼 밀려드는 물의 힘이 강했기 때문이다.

"이거 쉽지 않네."

생각보다 물을 헤쳐 나가는 것이 만만치 않았다.

물론 그렇다고 못 할 것도 없었기에 수현은 조금 전 테라스에서 보았던 루트를 떠올리며 여자아이에게로 향했다.

"까악! 살려주세요!"

야자나무에 매달려 있으면서 구조 요청을 하던 소녀는 조금 전 맞은편 호텔 테라스에서 누군가 자신에게 관심을 보이는 것을 느꼈다.

밀려드는 바닷물에 휩쓸리지 않기 위해 간신히 야자나무에 매달려 있으면서도 무슨 정신인지 모르겠지만 어떻게든 살아남아야겠다는 생각에 더 큰 소리로 도움을 청했다.

그러다 테라스에서 자신을 지켜보던 사람 중 한 명이 테라스에서 뛰어내리자 더욱 간절히 도움을 요청하는 중이었다.

"침착해! 구해줄 테니 조금만 버텨라!"

수현은 자신을 향해 소리 지르는 소녀를 위해 큰 소리로 외쳤다.

"네, 네! 도와주세요!"

소녀는 팔에 점점 감각이 없어지는 것을 느끼면서 눈물을 흘렸다.

조금 전까지만 해도 절망에 빠져 있었는데, 누군가 자신을 위해 도움의 손길을 내민다는 생각에 눈물이 솟은 것이다.

그녀는 부모님과 함께 관광을 왔다가 혼자 몰래 호텔을 빠져나오는 바람에 해를 당했다.

그녀가 쓰나미에 휩쓸려 가는 것을 본 것은 이들뿐만이 아니었다.

많은 사람들이 그녀를 봤지만 어느 한 사람 구해주려고 하지를 않았다.

그런데 위험을 무릅쓰고 도와주려는 사람이 나타나자 소녀는 안도하는 마음에 살짝 긴장이 풀렸다.

"엇! 정신 차려!"

수현이 막 소녀의 2m 앞까지 접근하던 차였다.

소녀가 붙잡고 있던 야자나무를 놓쳤다.

"아악!"

붙잡고 있던 야자나무에서 자신의 손이 떨어지자 소녀는 비명을 질렀다.

조금만 있으며 구조를 받을 수 있는데, 그만 긴장이 풀리는 바람에 붙잡고 있던 야자나무를 놓친 것이다.

"에잇!"

수현은 더 볼 것도 없다는 듯 물에 휩쓸린 소녀를 향해 뛰어들었다.

유속은 너무도 빨랐다.

금방 소녀와 수현의 거리가 벌어져 테라스 위에서 이를 지켜보던 멤버들과 매니저들의 마음을 안타깝게 하였다.

'침착하자!'

아무리 신체 능력이 뛰어나다 해도 자연의 힘을 이길 수는 없었다.

수현은 그러한 사실을 알기에 절대 자만하지 않았다.

자신의 능력을 총동원하여 물에 휩쓸린 소녀를 찾았다.

5m 정도 떨어진 곳에 소녀의 기척이 느껴지자 수현은 물을 거스르지 않고 편승해 자맥질을 하였다.

턱!

"아악!"

소녀는 갑자기 자신의 허리 부근에 무언가 감싸이는 느낌에 본능적으로 비명을 질렀다.

"안심해."

비명을 지르는 소녀를 진정시키기 위해 수현이 말을 걸었다.

만약 이 상태에서 소녀가 몸부림을 치게 되면 두 사람 다 위험해질 수 있었기 때문이다.

소녀도 사전 안전 교육을 받았는지, 아니면 물에 빠진 사

람을 구할 때 요령을 알고 있었는지는 모르겠지만 수현의
목소리에 힘을 빼고 수현에게 몸을 맡겼다.

하지만 수현과 소녀가 안전한 것은 아니다.

아직까지 두 사람은 불어난 바닷물에 휩쓸린 상태다.

수현은 소녀를 붙잡고 물에 휩쓸려 가는 상태에서도 주변
지형을 살폈다.

'음, 저것을 붙잡으면 되겠다.'

수현의 눈에 띈 것은 바로 쓰나미에 휩쓸려 뒤엉켜 있는
자동차였다.

흙탕물에 뒤덮여 정확하게는 알 수는 없었지만 지금 수현
과 소녀가 있는 지역은 호텔 주차장 근처가 아닐까 짐작이
되었다.

쓰나미로 인해 주차장에 있던 차들이 물에 쓸려가다 좁은
곳에서 걸려 장애물이 된 것 같았다.

그렇지만 여러 대의 자동차가 뒤엉키다 보니 상당히 쌓여
어느 정도 그 위에서 구조가 될 동안 버틸 수 있을 것 같았
다.

자동차가 쌓여 형성된 지형이다 보니 조금 떨어져 있는
곳에서 판단한 것보다 물살이 거칠었다.

더욱이 흙탕물로 인해 물 아래 사정을 알 수가 없으니 어
떤 사고도 예측할 수가 없어 수현은 더욱 조심스럽게 그곳
으로 접근을 하였다.

조금 전에는 떠내려가는 소녀를 구하기 위해 물길에 편승해 빠르게 접근을 했다면, 이번에는 최대한 속도를 늦추기 위해 역방향으로 수영을 하였다.

빠른 유속으로 인해 힘겹기는 했지만 물에 떠밀리며 원래 계획한 방향으로 천천히 흘러갔다.

틱.

그렇게 물에 떠밀려 흘러온 수현은 원래 목적한 자동차를 붙잡을 수 있었다.

"이 위로 올라가자."

수현은 자신의 품에 안겨 있는 소녀를 향해 부드러운 목소리로 이야기하였다.

"네."

조용히 수현의 품에서 쥐 죽은 듯 가만히 목에 팔을 두르고 있던 소녀는 자그맣게 대답을 하고는 수현의 도움을 받아 자동차 위로 올랐다.

"흑, 엉엉엉."

물 밖으로 나온 소녀는 갑자기 울기 시작했다.

아마도 이제는 안전하다는 생각과 누군가 자신을 위기에서 구해줬다는 사실에 긴장이 풀려 그러는 듯 보였다.

"이제 괜찮아. 여기에 있으면 조금 뒤에 구조해 줄 사람이 올 거야."

수현은 울고 있는 소녀를 안아주며 달랬다.

"감사합니다. 정말로 감사합니다."

소녀는 수현의 위로의 말을 듣고 그제야 정신을 차리고 고맙다는 인사를 하였다.

"어?"

한참 자신을 구해준 남자에게 고맙다는 인사를 하던 소녀는 수현의 얼굴을 보더니 갑자기 외마디 비명을 지르기 시작했다.

"꺄아!"

그런데 그 비명은 조금 전 두려움에 떨던 그런 비명이 아니라, 뭔가 크게 감격했을 때 지르는 그런 비명이었다.

"혹시, 수현 오빠 아니에요? 로열 가드의 기사단장, 맞죠?"

소녀는 울고 있는 자신의 어깨를 감싸며 부드러운 목소리로 위로를 해주는 남자의 얼굴을 확인하고는 눈을 동그랗게 뜨며 놀라 소리쳤다.

"그래, 맞아. 그런데 나이도 어린 듯한데, 부모님은……."

수현은 혹시나 쓰나미로 인해 부모님과 헤어진 것은 아닌가 걱정스러운 마음으로 조심스럽게 부모님 안부를 물었다.

"잘 모르겠어요. 호텔에 있기 지루해서 몰래 빠져나왔다가 갑자기 불어난 물에 휩쓸려 정신이 없어서……."

수현의 질문에 대답을 하던 소녀는 다시 자신이 당했던 일과 부모님이 걱정되어 울먹이기 시작했다.

"그래? 부모님이 많이 걱정하시겠네!"

자신의 질문에 다시 울려는 소녀를 내려다보던 수현은 소녀의 머리를 쓰다듬어 주며 부드럽게 이야기를 하였다.

"부모님 걱정은 하지 마. 무사하실 거야! 그런데 날 아는 것 같은데, 난 이름도 안 물어봤네?"

수현은 그렇게 소녀의 주의를 돌리기 위해 이름을 물어보았다.

그런 수현의 노력이 통했는지, 언제 울려고 했던가? 할 정도로 소녀는 밝은 목소리로 자신의 이름을 들려주었다.

"제 이름은 정아름입니다."

"정아름, 이름 좋네! 누가 이름 지어준 거야? 참 이름 좋다."

수현은 정아름이란 소녀의 이름을 듣고 밝게 미소를 지어주며 계속해서 말을 걸었다.

그래야 소녀가 두려움과 걱정을 잊을 것이기 때문이다.

*　　　*　　　*

한편, 수현이 아름을 구하기 위해 물에 뛰어들면서 함께 휩쓸려 떠내려가자 테라스 위에서 이를 지켜보던 로열 가드 멤버들이나 킹덤 엔터의 스텝들이 발을 동동 굴렀다.

그러다 수현이 아름을 붙잡자 일제히 소리를 질렀다.

"와아!"

"뭐야! 무슨 일이야!"

막 회사에 이곳 상황을 보고하고 돌아온 전창걸은 로열 가드 멤버들이 모여 있는 2층 테라스에서 환호성이 들리자 급하게 뛰어와 물었다.

"그게, 수현 씨가 여자아이 한 명을 구했거든요."

"누가 누굴 구해?"

매니저 중 선임인 이기석이 물음에 답하자 금방 그 뜻을 이해하지 못한 전창걸이 다시 한 번 질문을 하였다.

그러자 이기석은 조금 전에 벌어졌던 상황들을 하나도 빼놓지 않고 보고를 하였다.

"뭐야?! 너희들 정신이 있는 거야, 없는 거야! 그러고도 너희가 매니저야!"

전창걸은 이야기를 모두 듣고 불같이 화를 냈다.

그도 그럴 것이, 자신들은 연예인들을 보조하는 매니저들이다.

그런데 자신의 담당 연예인이 위험 속으로 뛰어드는데 매니저들이 이를 말리지 않고 그냥 지켜보았다는 것에 화가 난 것이다.

이는 자신의 본분을 잊은 행동이기 때문이다.

물론 바로 앞에서 어려움에 처해 도움을 청하는 사람이 있으면 도움을 줄 수는 있다.

하지만 이번 일은 그렇다고 넘어갈 수 있는 일이 아니다.

다른 일도 아니고, 쓰나미에 휩쓸린 사람을 구조하는 일이다.

이는 전문 구조원들이 나설 일이지 연예인이 나설 일이 아니었다.

"아무리 수현이가 그렇게 하려고 한다 해도 너희는 매니저로서 그걸 말려야 할 것 아니야!"

인간적으로야 누군가를 돕는 일을 나쁘게 말할 수는 없다.

하지만 자신들은 그러면 안 됐다.

자신들은 돈을 받고 연예인들의 수발을 들어주는 매니저들이다.

자신들이 가장 우선시해야 할 것은 다른 누구도 아니라 바로 자신들이 담당하는 연예인이어야 한다.

그런데 이들은 담당 연예인이 위험 속으로 뛰어드는 것을 그저 방관했다.

인간적으로야 이해한다고 해도 이는 직업윤리에 어긋난 일이다.

"너흰 돌아가면 시말서 쓸 준비해!"

드르륵!

"로프 구해 왔습니다."

윤호는 조금 전 수현이 지시한 로프를 구해 왔다고 보고를 하였다.

"어?"

보고를 하던 윤호는 순간 테라스 안의 분위기가 심상치 않아 말을 멈추고 분위기를 살폈다.

"그건 뭐냐?"

전창걸은 자신의 뒤에서 들리는 윤호의 목소리에 몸을 돌려 쳐다보며 물었다.

"이거요? 조금 전 수현 형이……."

윤호는 창걸의 질문에 조금 전 어떤 상황이었고, 또 수현이 그 여자아이를 구하기 위해 용근에게 어떤 지시를 내렸는지, 그리고 용근을 돕기 위해 자신이 따라갔던 것까지 일일이 이야기하였다.

"그런데 수현 형 어디 갔어요? 보이지 않네요?"

윤호는 조금 전 자신이 수현의 지시를 받고 로프를 구하려 간 사이 수현이 건너편에 도움을 청하는 소녀와 함께 있을 것이라 예상했는데, 소녀는 물론이고, 수현의 모습도 보이지 않자 의아한 표정으로 물었다.

"설마 제가 상상하는 일이 벌어진 것은 아니죠? 그렇죠?"

수현의 모습이 건너편에 보이지 않자 유호의 표정이 굳

었다.

"흠. 너희는 어디 가지 말고, 또 수현이처럼 누가 구해 달라고 해도 밖으로 나가지 말고 기다려!"

전창걸은 윤호의 물음에 대답도 하지 않고 로열 가드 멤버들을 보며 강력한 어조로 이곳에 꼼짝 말고 있을 것을 지시했다.

그리고 수현이 위험 속으로 뛰어드는 것을 말리지 않고 지켜만 본 매니저들을 향해서도 눈을 부라리며 지시를 내렸다.

"너희도 다른 멤버들이 엉뚱한 짓 하지 못하게 잘 감시해! 난 구조원들에게 상황을 이야기하고 올 테니!"

전창걸은 다시 한 번 테라스를 벗어났다.

회사에 보고하고 오는 그 잠깐 사이에 그룹의 리더가 사라졌다.

모든 멤버들과 스텝들이 위기를 벗어났다는 보고를 한 지 불과 몇 분도 지나지 않았는데, 다른 누구도 아니고 로열 가드에서 가장 인기가 있는 멤버인 리더가 사라진 것이다.

그러니 자리를 떠나면서도 전창걸은 눈앞이 깜깜했다.

'제발 무사해라!'

누군가를 구하기 위해 위험 속으로 뛰어든 것은 분명 칭찬받을 만한 일이다.

그건 전창걸도 인정을 한다. 하지만 연예인의 몸은 본인 혼자만의 것이 아니다.

그를 지지하는 많은 팬들의 것이었다.

그랬기에 사람들은 연예인, 스타들을 공인(公人) 아닌 공인이라 부르는 것이다.

*　　　*　　　*

"감사합니다, 감사합니다."

정재근은 눈앞에 있는 젊은 청년에게 연신 고개를 숙이며 감사 인사를 하였다.

큰 대기업은 아니지만 200위권 안에 들어가는 중견 기업의 상무로 있는 그는 눈앞에 있는 젊은이에게 고개 숙이며 감사의 인사를 하는 것에 전혀 거리낌이 없었다.

그도 그럴 것이, 눈앞의 젊은이가 아니었다면 서른 중반에 겨우 어렵게 얻은 딸을 영영 잃을 뻔했기 때문이다.

더욱이 그의 딸은 필리핀에서 유학 중이라 1년에 몇 번 얼굴 보기도 힘들 뿐만 아니라, 딸이 방학을 맞아 한국에 귀국한다고 해도 본인이 회사의 상무이사라 일이 바빠서 자주 보질 못했다.

그래서 늦은 기간이지만 휴가를 써서 가족이 이곳으로 휴가를 왔다.

원래 계획은 필리핀의 휴양도시인 세부에 가려고 했지만 그곳은 유명한 관광지라 번잡할 것 같아 아직은 덜 알려진 민다나오로 온 것이다.

　그런데 설마 자신의 가족이 민다나오로 온 기간에 쓰나미가 닥칠 줄은 몰랐다.

　더욱이 쓰나미가 몰려올 시각, 눈에 넣어도 아프지 않을 딸이 자신들 부부 몰래 밖으로 나갈 줄도 모르고 있었다.

　묵고 있던 호텔에 쓰나미 경보가 울리고 호텔 직원의 안내를 받아 피신했을 때 뒤늦게 자신들의 딸이 없어진 것을 알게 되었다.

　그래서 호텔 직원에게 물어보니 몇 분 전 홀로 호텔 밖으로 나갔다는 이야기를 듣고 눈앞이 깜깜해졌다.

　설마 이 난리 통에 무슨 변을 당한 것은 아닌가 걱정인 것이다.

　실제로 뒤늦게 상봉한 딸의 모습은 초췌하기 이를 데가 없었다.

　온몸에는 더러운 오물이 말라붙어 있었으며, 흙탕물 속을 수영했는지 입고 있는 옷차림이 꾀죄죄하였다.

　뿐만 아니라 머리는 진흙이 말라붙어 엉망이라 처음 자신들을 보며 안겨올 때는 깜짝 놀랐다.

　설마 자신의 딸이 그런 모습일 것이라고는 상상하지 못했기 때문에 알아보지 못한 탓이었다.

자신들을 부르는 딸의 목소리를 듣고 나서야 딸을 알아볼
수 있었다.

그 뒤 딸에게서 자세한 사정을 듣고는 자칫 잘못했으면
목숨이 위태로울 수도 있었다는 것을 깨닫고 딸을 구해준
수현에게 이렇듯 감사의 인사를 하는 것이다.

그러니 어찌 자신보다 나이가 어리다고 고개 숙이는 일이
흠이 되겠는가. 재근은 상대가 어리다고 자신의 마음을 속
일 이유가 없었다.

"아닙니다. 그저 도움을 청하는 사람이 거기 있었기에 도
움을 준 것뿐입니다."

아버지뻘이나 되는 사람이 자신을 향해 연신 고맙다고 고
개를 숙이는 모습에 수현은 자리가 불편해졌다.

더욱이 쓰나미를 피해 대피한 사람들이 몰려 있는 곳에
서 나이가 많은 사람이 젊은 자신에게 고개를 숙이는 모
습은 한국인으로서는 쉽게 받아들이기 어려운 분위기였
다.

"아름이도 부모님을 찾았으니, 전 일행들이 있는 곳으로
이만 가보겠습니다."

다행히 아름이와 부모님이 묵고 있던 호텔이 바로 자신들
이 피난을 온 호텔이라 아름의 부모를 찾는 것이 쉬웠다.

"혹시 연락처라도……."

정재근은 자신의 할 말만 하고 뒤돌아 걸어가는 수현의

모습에 얼른 할 말을 꺼냈다.

하지만 딸인 아름이 그를 만류하였다.

"아빠, 내가 오빠에 대해선 잘 알고 있으니까 감사 인사는 나중에 해."

자신을 위기에서 구해준 사람이 유명 스타란 것을 깨닫고 아름은 당시 무척이나 당혹해했다.

아름이도 여느 10대와 마찬가지로 연예인을 좋아하고, 또 남자 아이돌 그룹에 열광을 하며 친구들과 좋아하는 스타의 공개방송에서 참석을 하였다.

그때 종종 수현이 속한 로열 가드라는 그룹을 보았다.

사실 아름이 좋아한 그룹은 로열 가드가 아니라 PG엔터 소속의 빅 트러블이란 남자 아이돌 그룹이다.

로열 가드가 데뷔하기 전부터 빅 트러블은 대한민국 최고의 남자 아이돌이었다.

그런데 작년에 로열 가드가 데뷔하면서 빅 트러블에 버금가는 이슈와 함께 빠르게 인지도를 얻으며 그동안 국내 최고 남자 아이돌의 자리에 원톱으로 있던 빅 트러블의 대항마로 떠올랐다.

그 때문에 빅 트러블의 팬인 아름도 로열 가드에 대해 잘 알고 있었다.

처음에는 로열 가드가 자신이 좋아하는 빅 트러블의 대항마란 기사를 보면서 코웃음을 쳤지만, 로열 가드의 행보가 점점 걷잡을 수 없이 대한민국 아이돌 시장을 휩쓸자 아름도 차츰 인정을 하게 되었다.

그런데 빅 트러블은 명성만큼이나 그 이름처럼 트러블이 끊이지 않는 그룹이다.

멤버의 일진설은 기본이고, 인성 문제라던가 팬을 홀대하는 것으로 유명했다.

그럼에도 빅 트러블의 팬들은 그들을 옹호하며 국내 톱 아이돌 그룹의 팬이라는 자부심에 그들의 오만함과 팬들에 대한 불친절도 감내하였다.

하지만 로열 가드가 데뷔를 하고, 그들의 팬들이 전하는 팬 서비스나 훈훈한 덕담들을 들을 때면 아쉬운 생각도 들었다.

이는 아름도 마찬가지다. 빅 트러블의 팬으로서 그들의 팬에 대한 서비스 불량과 거친 언성은 좋아하는 팬으로서 급실망을 하게 만들었다.

그래서 그들과 비교되는 로열 가드에 대해 찾게 되면서 아름의 마음속에 빅 트러블에 대한 팬심은 점점 엷어지고 로열 가드에 대한 열망이 피어오르던 때, 위험 속에서 마치 백마 탄 왕자님처럼 자신을 구해준 사람이 다른 사람도 아닌 로열 가드의 리더이며 팬들에게 기사단장이라는 닉네임을 받은 수현이라는 것에 깜짝 놀랐다.

그 때문에 생명의 구함을 받은 뒤 한동안 정신을 차릴 수가 없어 수현의 목을 끌어안고 놓지를 않았다.

그 당시 상황이 현실인지 꿈인지 알 수가 없었기 때문이다.

"뭐? 네가 아는 사람이야?"

재근은 자신의 딸이 은인에 대해 잘 알고 있는 듯하자 수현의 정체에 대해 물었다.

"저 청년의 정체가 뭐냐?"

"응, 저 오빠는 유명한 아이돌 스타야."

"아이돌? 연예인이야?"

"응, 아빠도 이름쯤은 들어봤을 거야."

"으응? 누군데 그렇게 뜸을 들이는 거냐?"

옆에서 부녀의 대화를 듣고 있던 아름의 엄마가 물었다.

"로열 가드란 아이돌 그룹의 리더야. 이름은 정수현, 활동은 수현이라는 이름으로 하고 있어."

아름은 마치 자신의 애인을 소개하듯 얼굴을 발그레 붉히며 수현에 대한 정보를 이야기했다.

"아! 기사단장!"

아름의 설명을 들은 아름의 엄마는 재근보다 먼저 수현을 알아채고 소리쳤다.

"기사단장? 당신도 아는 사람이야?"

재근은 자신의 아내도 아는 듯하자 그녀에게 물었다.

"어머! 당신은 기사단장도 몰라요?"

그의 아내는 질문에 대답은 하지 않고 그것도 모르냐며 핀잔을 주었다.

하지만 재근은 애써 끓어오르는 답답함을 누르며 아내를 쳐다보았다.

그런 남편의 모습에 조미연은 빙그레 미소를 지으며 이야기하기 시작했다.

"당신 최유진은 알고 있죠?"

"최유진? 설마 아시아의 여왕 최유진을 말하는 거야?"

재근은 아내가 수현에 대한 설명을 하다 말고 톱스타 최유진을 언급하자 고개를 갸웃거리며 물었다.

더욱이 자신이 최유진을 좋아했었다는 것을 잘 알고 있는 아내가 최유진의 이름을 언급하는 것이기에 더욱 의문이 들었다.

"그래요. 당신이 한때 푹 빠져 있던 최유진!"

결혼 전, 재근과 미연은 연애를 하면서 죽도록 사랑했음에도 가끔 심하게 다퉜다.

그 다툼의 원인은 바로 여자 아이돌 문제였다.

재근이 당시 데뷔를 한 여자 아이돌에 푹 빠져 있어 자신과의 약속도 잊고 그 아이돌의 공연을 보러 가는 일도 있었고, 또 데이트를 하던 중에도 그 아이돌이 나오는 방송을 넋을 잃고 봐서 미연의 부아가 치밀게 했기 때문이다.

그리고 당시 재근이 빠졌던 아이돌 그룹의 핵심 멤버가 바로 최유진이었다.

연애 당시의 일 때문에 현재까지 재근은 아내 미연에게 약점을 잡혀 가정 내에서 큰소리를 치지 못하는 형편이 되었다.

"아니, 애 앞에서 왜 오래전 일을 꺼내고 그래. 그 최유진이 무슨 상관이 있다고 언급을 하는 거야?"

"어, 아빠도 최유진 좋아했어?"

"그렇다니까, 아름아. 당시 네 아빠가 최유진에게 빠져서 이 엄마하고 데이트도 잊고……."

미연이 이야기를 하다 말고 계속해서 과거의 실수 아닌 실수를 언급하자 재근의 목소리가 커졌다.

"여보!"

"알았어요. 그만하고 얘기할게요. 방금 전 청년이 바로 그 최유진의 경호원으로 있다가 연예인이 된 청년인데……."

미연은 수현에 대해 딸인 아름보다 더 자세히 알고 있는 것처럼 남편인 재근에게 술술 설명을 하였다.

"와! 우리 엄마가 나보다 더 수현 오빠에 대해 잘 알다니, 우리 엄마 다시 봐야겠네."

아름은 정말로 자신보다 더 로열 가드와 수현에 대해 자세히 알고 있는 엄마의 모습에 깜짝 놀랐다.

그리고 그건 아름의 아빠 정재근도 마찬가지였다.

"주책맞게 다 늙은 나이에 아이돌을 좋아하다니."

재근은 아내 미연의 새로운 모습에 깜짝 놀라면서도 젊은 남자에게 관심이 있는 것 같자 마음이 살짝 불편해 한소리 하였다.

"어머, 어머! 아름아, 네 아빠 질투하는 것 맞지?"

"그러게. 우리 아빠가 설마 수현 오빠를 질투할 줄은 몰랐네."

아빠의 새로운 모습에 아름도 깜짝 놀라며 엄마의 말에 장단을 맞췄다.

"흠흠."

모녀가 자신을 놀리는 것을 뒤늦게 깨달은 재근은 헛기침을 하며 상황을 모면하려 하였다.

"그렇게 너무 무안해할 필요 없어. 수현 오빠가 처음 등장할 때부터 여자들에게는 로망을 던져 주며 데뷔를 했으니까. 엄마도 그런 수현 오빠의 모습을 보았으니 당연한 거야."

밑도 끝도 없는 딸의 말에 재근은 또 한 번 의아한 표정이 되었다.

"수현 오빠가 방송에 공식적으로 등장한 것이 도전! 드림팀이었는데, 도전! 드림팀이 장애물을 넘어 공주님을 구출하는 미션을 하는 게임이잖아."

"아!"

재근은 딸의 설명을 듣고 그제야 조금 전 딸의 말이 무슨 뜻인지 깨달았다.

그러면서 자신이 근무하는 회사에서 협찬을 하는 도전! 드림팀에 대한 생각을 떠올리다 뒤늦게 수현에 대한 것도 떠올리게 되었다.

"아! 작년에 시작한 시즌 3의 히로인!"

정말로 수현은 도전! 드림팀 시즌 3의 최고 수혜자이면서 또 한편으로는 다 죽어가는 도전! 드림팀을 살린 영웅이었다.

그렇게 수현이 자리를 떠난 뒤에도 남은 정재근 가족은 계속해서 수현에 관해 이야기꽃을 피웠다.

그리고 그런 가족들 근처에 사람들이 모여들면서 뜻하지 않은 곳에서 수현과 로열 가드의 이름이 퍼지게 되었다.

*　　　*　　　*

드르륵.

"이것 좀 받아라."

수현은 일행들이 모여 있는 테라스로 들어가면서 외쳤다.

"형, 그게 다 뭐예요?"

쓰나미에 쓸려 내려가다 나무에 매달려 도움을 요청하

는 사람을 구하기 위해 나갔던 수현이 멀쩡한 모습으로 나타나 소리를 지르자 모두 의아한 표정으로 수현을 돌아보았다.

분명 아까 야자나무에 매달렸던 소녀가 수현이 붙잡기도 전에 팔에 힘이 풀려 그만 물에 휩쓸리는 것을 보았고, 그렇게 소녀가 떠내려가자 수현도 덩달아 소녀를 구하기 위해 물에 뛰어드는 것까지 보았다.

그런데 몇 시간 만에 돌아온 수현의 모습은 물에 젖은 모습이 아니라 아주 깨끗한 모습이었다.

그리고 손에는 뭔가를 들고 있었다.

"그 아이는 어떻게 되었어요?"

몇몇은 수현의 손에 들린 물건이 무엇인지 궁금해 하고, 또 몇 명은 아까 자신들이 보았던 소녀의 안위를 물었다.

그런 멤버들의 물음에 수현은 차분하게 지금까지의 이야기를 들려주었다.

"일단 다행히 물에 떠내려가는 것을 붙잡아……(중략)…… 부모님과 함께 관광을 왔는데, 여기 묵고 있더라. 그래서 아름이 부모님께 인계를 하고 왔다."

"와! 잘됐다."

"와, 그런 인연이 있을 수도 있어요? 형이 구한 사람이 우리 팬이었다니……."

사실 로열 가드의 팬은 아니었지만 이번 일을 계기로 아름은 확실한 로열 가드의 팬, 그리고 수현의 팬이 되었다.

　"그런데 손에 들고 있는 것은 뭐예요?"

　윤호는 자신들이 보았던 소녀가 무사하다는 이야기를 듣고서 이번에는 수현의 손에 들린 것이 궁금해졌다.

　"아, 이건 호텔 측에서 이 호텔에 투숙하고 있는 손님을 구해주어서 고맙다고 필요한 것 없냐고 해서 가져온 것이야."

　수현은 그렇게 이야기하면서 손에 들린 얇은 매트리스를 일행들에게 주었다.

　그런 수현의 뒤로 따라온 호텔 직원이 두 명 있었는데, 그들이 가져온 매트리스까지 합치면 얼추 로열 가드 멤버들과 매니저들, 그리고 스텝들이 몸을 누일 정도로는 매트리스를 깔 수 있었다.

　현재 이들이 머물고 있는 호텔 테라스는 사람의 숫자에 비해 공간이 좀 좁았다.

　원래 이런 목적으로 만든 공간이 아니기에 더욱 그러하였다.

　그래서 로열 가드 멤버들과 매니저들은 테라스에 있는 테이블을 한쪽으로 몰아놓고 적은 숫자의 의자에 앉거나 맨바닥에 앉아 쉬는 중이었다.

　그런데 매트리스가 생겼으니 얼마나 다행한 일인가.

똑똑.

호텔 측에서 감사의 뜻으로 제공한 매트리스 덕분에 일행들은 편하게 앉아 쉴 수 있었는데, 이때 노크 소리가 들렸다.

"네?"

테라스 입구에 앉아 있던 로열 가드의 총괄 매니저인 전창걸이 노크 소리에 답하였다.

"서비스입니다. 호텔 투숙객 측에서 딸을 구해주셔서 감사하다며 보냈습니다."

호텔 지배인이 직접 나서서 직원들이 들고 온 것들에 대해 설명을 하였다.

호텔 직원들이 가져온 것은 신선한 과일과 와인, 그리고 몇 가지 요리들이었다.

쓰나미로 혼잡한 중에서도 이곳 호텔은 그나마 대비가 잘되어 있는지 별다른 피해 없이 안정적이다.

그러다 보니 피난을 온 사람들도 시간이 흐르면서 대부분 혼란에서 벗어나고 있다.

"아, 네. 감사히 먹겠다고 전해주십시오."

전창걸은 뜻하지 않게 선물이 전해지자 눈을 깜박이며 어떻게 처리해야 할지 순간 갈피를 잡지 못했다.

"뭐예요?"

한쪽에 몰아놓은 테이블 위로 호텔 직원들이 가져온 음식과 과일들을 내려놓자 윤호가 다가와 물었다.

호기심 많고 언제나 궁금증은 풀어야 직성이 풀리는 윤호였기에 호텔 직원들이 과일과 음식들을 가져다주자 물어온 것이다.

"조금 전 수현이가 구해준 아이의 부모님이 보낸 것 같다."

전창걸도 지배인에게 전해 들은 것을 그대로 이야기하였다.

"와! 부장님, 그럼 저거 먹어도 돼요?"

그렇지 않아도 화보 촬영 때문에 점심도 제대로 먹지 못했다.

저녁 촬영을 남겨두고 잠깐 관광을 나왔다가 쓰나미로 인해 긴급하게 대피하는 바람에 지금까지 먹은 것이라고는 물 몇 모금뿐이었다.

"그래라."

윤호의 간절한 눈빛에 전창걸은 허락을 할 수밖에 없었다.

사실 그 또한 지금까지는 긴장으로 인해 느끼지 못했지만 막상 음식을 보자 허기가 졌다.

"이건 조금 전 수현이 구해준 아이의 부모님이 보내신 것들이다. 나중에 보게 되면 잘 먹었다고 인사드려라."

수현이 자식을 구해줘 감사의 뜻으로 보낸 것이지만, 이들도 그런 부모의 마음을 받았으니 감사 인사를 드리라는 것이다.

"네! 형, 누나들도 같이 먹어요."

일행의 규모가 있다 보니 음식은 순식간에 동났다.

정재근이 수현이 속한 로열 가드의 멤버 숫자가 아홉 명이라는 것을 듣고 그에 준하게 음식과 과일, 그리고 간단한 술을 보냈지만 매니저와 스텝들의 숫자는 미처 예상 못하고 음식들을 보냈기에 양이 적을 수밖에 없었다.

하지만 그럼에도 배가 고플 때 음식이 들어가자 이들의 표정들은 한없이 밝았다.

Chapter 8

영웅

인도네시아에서 발생한 해저 지진으로 인해 인도네시아와 인접한 동남아시아 국가는 물론이고, 호주와 뉴질랜드, 멀게는 남아메리카인 칠레에까지 그 영향이 미쳤다.

　　해저에서 발생한 9.7이라는 어마어마한 위력의 지진은 엄청난 크기의 해일을 발생시켰으며, 그 후에도 규모 5.0 이상의 강한 여진이 발생하여 지진 피해를 입은 국가들을 더욱 어렵게 만들었다.

　　이에 국제 구호단체들은 빠르게 피해 지역에 구호 물품을 보내고 구조 활동을 하였다.

　　아무리 구호단체들의 도움이 있다고는 하지만, 사상 최대

규모의 지진 피해로 인해 솔직히 어디서부터 손을 써야 빠르게 피해 이전으로 돌아갈지 가늠을 할 수 없을 정도로 이번 쓰나미로 인한 피해는 막심했다.

*   *   *

뚱땅뚱땅.

"이쪽으로 나무 좀 더 가져다줘!"

"네!"

피부색이 다른 여러 인종의 사람들이 분주히 움직이며 이번 쓰나미로 인해 망가진 것을 복구하기 위해 분주히 움직이고 있다.

그런데 그 틈에서 몇몇 사람들은 복구 작업을 하는 사람들을 돕는 것이 아니라 그러한 장면을 카메라에 담고 있었다.

여기저기 각종 오물과 쓰레기들이 널려 있는데 그것을 치우지 않고 촬영하는 모습이 눈살을 찌푸리게 할 수도 있었지만, 작업을 하는 사람들은 어느 누구 하나 불평하지 않고 묵묵히 자신의 할 일만 하였다.

"수현아, 너무 무리하지 말고 좀 쉬면서 해!"

수해 복구 현장에는 국제 구호단체 사람들뿐만 아니라 수현과 로열 가드 멤버들도 있었다.

그리고 조금 떨어진 곳에는 김정만을 비롯한 정글 라이프 촬영을 마치고 이곳 필리핀에서 휴가를 즐기던 멤버들도 더러 보였다.

"네. 쉬엄쉬엄 하고 있으니 걱정하지 마시고 저기 다른 애들이나 좀 더 봐주세요."

굵은 통나무를 혼자 어깨에 메고 옮기는 모습에 걱정을 표하는 전창걸 부장에게 수현은 다른 멤버들이나 더 봐달라는 부탁을 하였다.

"다른 애들이야 매니저들이 붙어 있으니 걱정하지 마라."

이들이 복구 작업을 하는 곳은 다른 국제 구호단체들이 들어오지 않은 지역으로, 며칠 전 수현이 김정만의 정글 라이프를 촬영했던 원주민 마을이었다.

국제 구호단체들이야 세부와 같은 피해가 큰 지역 위주로 복구 작업을 하는 중이라 이곳 원주민 마을처럼 작은 규모의 마을은 사실 지진 피해에도 적절한 구호의 손길을 받지 못했다.

필리핀에 화보 촬영을 위해 남아 있던 수현은 며칠 휴가를 즐기기 위해 세부에 머물던 김정만, 유우진 등과 이야기를 나누다 촬영 협조를 구했던 원주민 마을의 피해 정도가 걱정된다는 이야기에 의견이 맞아 구호 활동을 하려고 이곳에 함께 왔다.

처음에는 피해 정도를 살피고 혹시나 싶은 마음에 가져간 식량과 의약품 등 구호 물품을 전달하고 나올 생각이었다.

하지만 원주민 마을에 막상 도착을 하고 보니 피해 정도가 생각보다 심각했다.

정글 라이프 출연진들이 머물던 마을 회관은 이번 쓰나미로 인해 무너졌고, 촬영을 위해 찾은 정글 부족원들을 친근한 미소로 맞아주었던 마을 원로는 주민들을 쓰나미로부터 피신시키다 생을 마감하였다.

그뿐만 아니라 마을 아이들 몇 명도 몰아친 쓰나미에 휩쓸려 가버렸다.

이러한 충격적인 소식을 들은 김정만과 수현 등은 그대로 구호 물품만 전달하고 마을을 떠날 수가 없었다.

수현과 함께 왔던 로열 가드 멤버들과 매니저들 또한 마찬가지다.

인지상정이라고 했던가? 쓰나미 피해로 힘겨워하는 원주민 마을 사람들을 보면서 이들 또한 자리를 떠나지 못하고 마을 복구에 도움을 주기로 한 것이다.

이 때문에 바빠진 것은 다른 누구도 아닌 로열 가드의 총괄 매니저인 전창걸이었다.

수현이나 로열 가드가 처음 이번에 쓰나미 피해를 입은 원주민 마을 복구 지원을 간다고 했을 때 전창걸은 반대를 하였다.

그도 그럴 것이, 수해 지역에 스타가 갔다가 어떤 일이 벌어질지 아무도 예상을 할 수가 없기 때문이다.

그렇지만 수현이나 로열 가드만 가는 것이 아니라 김정만과 노담, 그리고 유우진과 STV 김정만의 정글 라이프 촬영 팀까지 모두 간다고 하자 어쩔 수 없이 허락을 하였다.

그 뒤 회사에 허락을 받는 것은 모두 전창걸의 몫이었다.

물론 킹덤 엔터의 이재명 사장이 흔쾌히 허락을 한 것은 아니다.

현지 사정과 김정만의 정글 라이프 촬영 팀이 이번 수해 복구 현장을 촬영하면서 정글 라이프 특집 방송을 하는 것과 그 뒤에 특별방송으로 내보낸다는 이야기를 듣고서야 간신히 허락을 받았다.

물론 방송 촬영뿐만 아니라 전창걸은 킹덤 엔터와 로열 가드의 이름으로 구호 물품을 촬영지로 보냈다.

그리고 구호 물품들은 지금 원주민 마을을 복구하는 일에 쓰이고 있다.

쿵!

어깨에 메고 있던 통나무를 내려놓자 묵직한 소리가 울렸다.

"어이쿠!"

자신의 옆에서 큰 소리가 들리자 한창 집 짓기에 보조를 맞추는 데 여념이 없던 노담이 깜짝 놀라며 덩치에 어울리지 않는 비명을 질렀다.

"뭘 그리 놀래요."

수현은 깜짝 놀라는 노담을 지나며 농담하듯 짧게 말을 하고 지나갔다.

"하여튼 괴물이라니까."

노담은 자신의 옆에 놓인 통나무를 보며 고개를 흔들었다.

정글 라이프를 촬영하면서 수현을 지켜보았지만 정말로 지금까지 촬영하면서 수현처럼 비주얼도 되고, 노래도 잘하고, 춤도 잘 추면서 또 요리도 잘하고, 인성이 된 사람은 처음 보았다.

물론 대한민국 연예인을 모두 만나본 것은 아니지만 노담이 보기에 수현 정도의 인기를 가지고 있으면서 자신이 잘났다고 나대지 않고 언제나 은인자중하면서 남을 배려하는 스타는 정말 처음 보았다.

인성이 되면 뭔가 하나라도 부족하거나 그랬는데, 수현은 다 가졌으면서도 바른 사람이었다.

이런 것을 보면서 노담은 자신보다 어린 수현이지만 본받을 만하다고 느꼈다.

"와! 쟤는 지치지도 않나 봐!"

언제 다가왔는지 유우진이 노담의 곁에서 말을 걸었다.

"그러게 말이다. 누구랑 결혼할지는 모르겠지만 쟤랑 결혼하는 여자는 정말로 전생에 나라를 구했을 거야."

"응."

잘나거나 미남미녀와 같은 남들이 보면 부러워할 만한 쌍을 보면 농담처럼 하는 말이 있는데 바로 전생에 나라를 구했을 것이란 소리다.

노담과 유우진이 보기에 수현은 정말 전생에 나라를 구했을 것만 같이 부러운 능력들을 모두 가지고 있었다.

두 사람이 자신을 부러운 눈으로 쳐다보고 있는 줄도 모르고 수현은 묵묵히 마을 복구에 힘썼다.

*   *   *

마을 복구 작업은 해가 떨어지고 나서야 중단이 되었다.

마을 주민들은 가족들의 품으로 돌아가고, 수현과 복구 작업을 돕기 위해 왔던 이들은 또 그들대로 마을 회관이 있던 자리 옆에 차린 캠프로 돌아갔다.

"수고했다."

"수고하셨습니다."

작업을 마치고 돌아오는 이들을 맞는 사람들은 정글 라이프 촬영 스텝들이다.

이들 중 일부는 김정만과 수현 등이 수해 복구를 하는 장면을 촬영하고, 또 일부는 일찍 작업을 마치고 와서는 고된 작업을 마치고 돌아올 이들이 먹을 저녁을 준비하고 맞이하였다.

이들은 인근 개울로 가서 간단하게 씻고 와 저녁을 먹었다.

"이 속도라면 한 이틀만 더 고생하면 어느 정도 복구가 완료될 것 같네."

대학에서 건축학을 전공한 김정만이 밥을 먹다 말고 마을을 한번 돌아보며 중얼거렸다.

원래 지방 출신인 김정만은 가정 형편상 일찍 돈을 벌어야 했기에 고등학교를 졸업하고 서울로 올라왔다.

그렇지만 돈을 벌기 위해서 일을 하면서도 그는 공부에 대한 욕심을 놓지 않았다.

개그맨이 되고 오랜 무명 생활을 하다 꾸준한 그의 노력이 빛을 보면서 이제는 공중파 방송국에서 프로그램에 자신의 이름을 걸고 방송을 할 정도까지 역량을 키웠다.

그러다 보니 이제는 금전적으로 여유가 생기면서 대학에 편입을 하고, 대학원까지 진학을 하면서 원래 관심이 많던 건축학을 전공하였다.

그런데 이것도 사실 김정만이 아무런 생각 없이 전공을 정한 것이 아니다.

정글 라이프의 사전 기획 단계에서부터 자신의 전공과 특기를 잘 접목해 프로그램을 만든 것이다.

5년여 동안 정글 라이프를 촬영하면서 김정만은 자신이 배운 건축학을 잘 활용하였다.

물론 현대 건축술을 정글에서 보이는 것이 아니라, 기초적인 건축술과 프로그램 취지에 맞게 정글에서 구할 수 있는 재료를 가지고 집 비슷하게 만들었다.

그렇게 경험이 쌓이다 보니 이제는 원주민 마을에 들어가 대충 보기만 해도 구조가 머릿속에 그려질 정도로 익숙해졌다.

"그럼 저희 일정과 그리 차이가 없으니 그 정도면 위에서도 별말 나오지 않을 겁니다."

민주홍 PD는 김정만의 말에 고개를 끄덕이며 대답을 하였다.

"그 정도라면 저희도 끝까지 함께할 수 있겠네요."

저녁을 먹으면서 김정만과 민주홍 PD, 그리고 전창걸 부장은 앞으로의 일정에 대해 논의를 하고 있었다.

현재 이곳 원주민 마을 복구 지원의 대표라 할 수 있는 이들이 그들 세 사람이기에 함께 논의를 하는 중이었다.

"그런데 수현 씨는 너무 무리하는 것 아닙니까?"

어느 정도 이야기가 마무리되자 민주홍 PD가 전창걸에게 물었다.

자신이나 정글 라이프 촬영 스텝들은 원래 무거운 방송 장비들을 다루다 보니 이런 작업이 익숙했다.

하지만 수현은 연예인이지 않은가. 그것도 톱 아이돌 그룹의 가장 인기 있는 멤버이며, 또 배우와 모델로도 활동을 하는 사람이다.

그런데 정글 라이프를 촬영할 때도, 그리고 다시 만나 원주민 마을에서 복구 작업을 하면서도 수현은 전혀 자신의 몸을 아끼지 않았다.

그런 모습이 보기 좋으면서도 한편으로는 수현이 너무 무리하는 것이 아닌가 걱정이 되기도 했다.

이런 걱정은 수현의 소속사 직원들인 전창걸이나 같이 온 매니저들이 해야 하는 일이지만, 수해 복구 장면을 촬영하면서 민주홍 PD나 촬영 스텝들 모두 수현의 모습을 지켜봤기에 걱정이 된 것이다.

"놔두세요. 제가 로열 가드를 담당하면서 지금까지 수현이를 지켜봤지만 저 정도로 힘들다고 할 애가 아닙니다."

저녁을 먹으면서도 지쳐 있는 동생들을 챙기는 수현을 돌아보며 작게 중얼거렸다.

비록 작은 목소리였지만 그 속에는 수현에 대한 믿음이 굳게 담겨 있었다.

그런 전창걸의 말에 민주홍 PD나 김정만은 수현을 다시 한 번 돌아보게 되었다.

촬영을 할 당시에는 그저 방송 욕심에 열심히 한다고만 생각을 했다.

이미 톱스타면서도 방송에 열심이라고만 생각했지 다른 생각은 하지 않았다.

그저 너무 열심히 하려다 사고는 나지 않을까, 아니면 무리하다 탈 나면 안 되는데 하는 생각뿐이었다.

그리고 무사히 모든 촬영이 끝났을 때도 좋은 영상을 만들어주고, 아무 탈 없이 촬영이 끝난 것에 감사한 마음뿐이었다.

그런데 방금 전 전창걸의 설명을 듣고서야 수현의 그런 행동이 특별했던 게 아님을 알게 되었다.

원래 수현이 그런 존재이고 보통 사람과 같이 생각하면 안 되는 잘난 사람, 된 사람임을 깨달았다.

그렇게 생각하니 다른 멤버들을 챙기고 있는 수현의 모습이 다르게 보였다.

남에게 보여주기 위해 그런 행동을 하는 것이 아니라 당연한 것처럼 행동한다는 것에 작은 감동을 느꼈다.

"여기 오기 전에 어떤 일이 있었는지 아세요?"

자신의 이야기를 듣는 김정만과 민주홍 PD의 눈빛이 조금 전과 다르다는 것을 눈치챈 전창걸은 민다나오 섬 다바오에서 있었던 이야기를 들려주었다.

"로열 가드가 2일차 오후 화보 촬영을 마치고 쓰나미……(중략)…… 물에 휩쓸린 아이를 구하러 뛰어들었다는 거 아닙니까!"

"네? 그게 정말입니까?"

전창걸의 이야기를 들은 민주홍 PD는 믿을 수가 없었다.

다른 것도 아니고, 쓰나미에 휩쓸린 사람을 구하기 위해 수현이 물로 뛰어들었다는 이야기에 깜짝 놀랐다.

"좀 무모했네요."

이야기를 들은 김정만이 조금 떨어져 있는 수현을 잠시 쳐다보다 고개를 돌리고 중얼거렸다.

"그렇죠. 당시 회사에 보고를 하기 위해 자리에 제가 없을 때 벌어진 일이라 뒤늦게 그 이야기를 전해 듣고 얼마나 놀랐는지 모릅니다."

전창걸은 이야기를 하면서 당시 놀랐던 기억이 다시 떠오르자 몸을 떨었다.

"그런데 얼마 뒤 멀쩡한 모습으로 돌아왔다는 거 아닙니까."

"네?"

"도움을 받기도 전에 물에 휩쓸린 아이를 구하기 위해 자진해서 물에 휩쓸린 수현이 결국 아이를 구해내고 부모님에게 데려다준 뒤 돌아왔더란 말입니다."

"아!"

수현이 무사히 아이도 구하고, 아이 부모님을 만나 인계까지 하고 왔다는 이야기에 두 사람은 자신도 모르게 감탄성을 질렀다.

"잃어버렸던 아이를 찾은 부모가 감사하다며 선물을 보내왔었습니다."

마치 자신의 아이가 시험에 100점을 맞아와 다른 학부형들에게 자랑하는 학부형마냥 전창걸은 입가에 흐뭇한 미소를 지으며 이야기를 이어갔다.

민주홍 PD는 전창걸의 이야기에 머리를 스치고 지나가는 번뜩임을 느꼈다.

방금 전 이야기도 잘만 엮으면 이번 김정만의 정글 라이프 특집은 대박을 넘어 초대박이 될 것만 같은 예감이 들었기 때문이다.

그런 생각이 들자 마음이 조급해졌다. 얼른 이들과 이야기를 마치고 스텝들과 논의를 해봐야 할 것만 같았다.

"수현 씨는 정말 알면 알수록 더욱 양파와 같은 사람이었군요."

어느 순간 민주홍 PD의 입에서는 수현에 대한 호칭이 바뀌어 있었다.

뿐만 아니라 말투에서도 자신보다 한참 어린, 이제 연예계에 데뷔한 지 2년 차에 들어가는 수현에게 하는 말투라고는 믿기지 않을 정도로 정중해졌다.

그만큼 수현은 착실할 뿐만 아니라 나이는 자신보다 어리지만 인간적으로 존경할 만한 사람이란 판단이 되었기에 그리된 것이다.

자신의 목숨이 위태로울 수도 있는 상황에서 위험을 무릅쓰고 도움을 청하는 목소리에 몸을 던지는 수현의 이야기에 그만 반해 버렸다.

"와, 처음 볼 때부터 수현이가 예사로운 인물은 아니겠다, 생각은 들었지만 이렇게 대단한 사람일 줄은 몰랐네요. 부장님은 참 좋으시겠습니다."

김정만도 전창걸을 보면서 덕담을 하였다.

그런 김정만과 민주홍 PD의 말을 들으면서 전창걸은 자신도 모르게 어깨에 힘이 들어갔다.

그렇지만 그런 모습이 전혀 작위적이거나 거슬리지 않았다.

*   *   *

둥둥둥둥!

원주민들이 전통 의상을 입고 화려하게 분장을 하고서 전통악기의 소리에 맞춰 춤을 추고 있었다.

마치 축제를 벌이듯 악기 소리는 신명 나게 울리며 멀리 퍼져 나갔고, 음악에 맞춰 춤을 추는 젊은 남녀 원주민들은 마치 기쁨을 표현하듯 한껏 상기된 표정으로 격렬하게 춤을 추었다.

그러면서도 광장 한쪽에 앉아 자신들을 쳐다보는 외부 사람들을 향해 감사의 눈빛을 보냈다.

이는 비단 그들뿐만이 아니라 마을 주민 모두 마찬가지였다. 그들은 모두 같은 마음으로 가운데 앉아서 전통 춤을 보고 있는 이들에게 눈길을 주고 있었다.

창창! 둥둥!

이야! 이야!

점점 음악 소리가 고조되자 마을 사람들의 춤을 구경하고 있던 김정만과 몇몇 남자들이 자리에서 일어나 춤을 추고 있는 사람들의 후미에 붙어 그들의 춤을 따라 하기 시작했다.

"하하하하!"

마을 복구에 도움을 준 은인들이 자신들의 전통 춤을 어설프게라도 따라 하자 가장 먼저 아이들이 좋다고 웃었다.

그렇게 아이들의 웃음소리가 울려 퍼지면서 축제는 더욱 활기를 띠기 시작했다.

"좋다!"

로열 가드 멤버 중 유닛 그룹인 나이트 R에 소속된 오대영은 이곳 원주민이 들려주는 축제 음악에서 뭔가 좋은 느낌을 받았다.

처음에는 그저 특이한 음악이라 생각했는데, 시간이 지날수록 음악 소리는 점점 익숙해지면서 그의 머릿속을 맴돌았다.

조금은 시끄럽게 느껴졌던 소리도 익숙해지고, 또 시각적으로도 주민들이 전통 의상을 입고 춤을 추는 모습이 눈에 들어오면서 오대영의 머릿속에서 새로운 모습으로 창출되었다.

스스스슥.

뭔가 뇌리를 스치고 지나가자 오대영은 이를 참지 못하고 뒤에 묶어두었던 가방에서 평소 작업할 때 사용하던 태블릿을 꺼내 그곳에 떠오른 악상을 적기 시작했다.

"응? 형, 뭐 해?"

오대영이 축제를 즐기지 않고 태블릿으로 뭔가를 하자 옆에서 축제를 구경하고 있던 윤호가 물었다.

"……."

하지만 질문을 받은 대영은 아무런 말도 하지 않고 계속해서 곡 작업에 열중할 뿐이었다.

그제야 오대영이 무슨 일을 하고 있는지 깨달은 윤호는 더이상 대영에게 말을 걸지 않고 그의 작업을 지켜만 보았다.

'와! 대영이 형이 작곡을 하는 중이구나!'

대영이 하는 작업에 관심을 보인 것도 잠시, 신기한 원주민들의 전통 춤에 홀린 윤호의 시선은 다시 앞에 모닥불을 중심으로 빙글빙글 춤을 추는 사람들에게로 쏠렸다.

그러다 문득문득 작곡을 하는 대영에게로 힐끔 시선을 돌리고는 했다.

*　　　*　　　*

"감사히 먹겠습니다."

원주민들의 축원을 담은 전통 춤이 끝나고 이제는 축제의 하이라이트인 음식이 나왔다.

오늘 축제 음식을 마련하기 위해 낮에 원주민 청년들과

장년의 사냥꾼들이 숲으로 들어가 사냥을 해 왔다.

쓰나미로 인해 폐허가 된 마을의 복구를 돕기 위해 온 외부 손님들에게 고마움을 담아 대접을 하기 위해서였다. 그런 마을 주민들의 정성을 조상이 알았는지, 사냥을 나갔던 사람들이 1m나 되는 커다란 도마뱀과 멧돼지 한 마리를 잡아 왔다.

현대에 들어와 이들도 생활 패턴이 많이 바뀌면서 사냥에서 얻어지는 수확보단 정부의 보조를 받아 식량을 구하는 비율이 높아지면서 덩달아 사냥 실력이 떨어져 이 정도 수확을 얻는 일은 거의 없었다.

운이 좋아야 사냥에 성공을 하고, 그렇지 않을 때에는 그냥 야생에서 열리는 과일이나 여자들이 농사짓는 카사바나 타로로 끼니를 해결한다.

하지만 오늘 축제를 벌이기 위해 나선 사냥에서 커다란 사냥감을 한 마리도 아니고 두 마리나 잡게 되자, 사냥을 나갔던 사냥꾼들이나 사냥꾼들이 가져온 사냥물을 본 주민들이나 모두 기꺼워하였다.

이 모든 것이 자신들의 마을을 재건하는 데 도움을 주기 위해 온 외부 손님들이 복을 가져왔기 때문이라 믿는 것이다.

어려운 시기에 식량과 약을 가져다주고, 그리고 어디서부터 손을 봐야 할지 막막하기만 했던 마을 재건에도 몸을 던져 자신들과 함께 일을 하였다.

그저 돈을 받고 방송 촬영에 며칠 편의를 봐준 것뿐인데, 어려울 때 자신들을 생각해 주고 도움을 주니 이게 다 조상신의 인도라 생각할 정도다.

"와! 비아왁을 여기서 다시 먹어보네!"

노담은 커다란 도마뱀인 비아왁 모둠 요리를 보며 소리쳤다.

1m나 되는 커다란 도마뱀이기에 일부는 수육처럼 삶고 또 일부는 푹 고아서 수프를 만들었다.

거기에 살짝 소금 간을 한 비아왁 수프는 일전에도 먹어 보았기에 전혀 거리낌이 없었다.

경험이 있던 김정만이나 노담 들은 멧돼지 요리보다 비아왁 요리에 먼저 손을 댔다.

하지만 로열 가드 멤버들이나 그 매니저들은 비주얼적으로 거부감이 드는 비아왁 모둠 요리보단 익숙한 멧돼지 요리에 집중했다.

그렇지만 수현은 그들과 다르게 비아왁 요리에 먼저 손을 댔는데, 그 이유는 다름이 아니라 멧돼지는 정글 라이프를 촬영하면서 이미 먹어보았기에 새로운 음식이 나오자 먹어 보려는 것이다.

더욱이 수현은 탤런트 상점에서 산 서바이벌 쿠킹이란 요리 스킬도 있지 않은가. 정글과 같은 오지에서 야생의 재료를 가지고 먹을 만한 요리를 하는 스킬을 중급까지 익힌 수현이기에 살다 보면 또 어떤 일을 겪을지 모르니 이참에 새로운 음식 재료가 어떤 맛인지 보려는 심산이다.

"오! 맛있다."

수현은 정글 라이프 식구들이 먹고 있는 비아왁 수육을 한 점 집어 먹고는 감탄사를 내뱉었다.

"수현이는 정말 보기에는 귀공자 같은데, 입은 못 먹는 것이 없어."

"그러게 말이야."

수현이 비아왁 수육을 먹고 감탄하는 것을 본 노담과 유우진이 한마디 하였다.

"형, 그게 정말로 맛있어요?"

한참 멧돼지 고기를 먹고 있던 윤호는 옆에서 수현의 감탄성을 듣고 고개를 갸웃거리며 물었다.

수현이 하는 것은 모두 따라 하고 싶어 하는 따라쟁이 윤호는 머리와 발목만 잘라낸 비주얼의 비아왁의 모습에 진저리를 치면서도 수현이 한 말에 살짝 호기심이 생긴 것이다.

"응. 닭고기 같기도 하고, 또 소고기 같기도 해서 아주 담백한 맛이야."

윤호의 질문에 수현은 비아왁 수육의 맛에 대해 간략하게 설명을 하였다.

"그래요?"

닭고기나 소고기와 맛이 비슷하다는 수현의 말에 윤호는

젓가락을 들어 비아왁의 몸통 부분에 해당하는 고기를 한 점 들었다.

그러고는 한참을 그것을 먹을까 말까 고민하는 듯하더니 수현의 말을 믿어보기로 하고 입에 가져다 넣고 씹었다.

"음! 으음…… 와!"

윤호는 씹기 시작하자 입속에 퍼지는 육즙을 느끼며 감탄성을 질렀다.

"왜? 왜?"

동갑인 성민이 감탄성을 연발하는 윤호를 보며 물었다.

윤호 못지않게 호기심이 많은 성민이기에 윤호의 그런 모습에 호기심이 생긴 것이다.

"에잇!"

성민은 자신의 질문에 대답을 하지 않는 윤호를 기다리지 않고 곧바로 비아왁 수육을 집어 먹었다.

"오! 맛있다."

윤호에 이어 성민도 비아왁 수육의 맛에 반해 버렸다.

로열 가드의 막내라인인 윤호와 성민이 비주얼이 심각한 도마뱀 요리를 먹고 감탄하는 모습에 다른 멤버들도 하나둘 비아왁에 호기심이 생기기 시작했다.

"와! 이건 안 가르쳐 주려고 했는데, 알아서들 찾아 먹네!"

유우진이 비아왁 수육 쪽으로 몰리는 로열 가드 멤버들을 보며 말을 하였다.

"네? 그게 무슨 말이에요?"

비아왁 수육에 이어 수프를 먹고 있던 수현이 유우진에게 물었다.

그런 수현의 질문에 유우진 대신 김정만이 설명을 해주었다.

"이곳 주민들은 아주 귀한 손님에게만 이 비아왁고기를 대접한대."

"아!"

김정만의 설명을 들은 수현은 들고 있던 비아왁 수프를 잠시 쳐다보다 다시 자신들과 조금 떨어진 곳에서 마을 원로들과 함께 식사를 하고 있는 촌장을 향해 조용히 고개 숙이며 감사 인사를 하였다.

방송 촬영으로 아주 작은 인연을 맺었던 사이고, 또 그 인연으로 큰 피해를 입은 이들을 돕기 위해 왔다.

그런 자신들에게 진심을 담아 대접하는 마을 주민들에게 감사하는 마음이 가슴속에서 솟아나 자연스럽게 그러한 행동을 한 것이다.

*　　　*　　　*

찰칵찰칵.

인천공항의 입국 게이트가 열리고 사람들이 나오자, 게이트 주변에 머물고 있던 기자들이 일제히 카메라를 들이대며 사진을 찍기 시작했다.

사진기자들뿐만 아니라 방송국 기자들도 게이트를 나오는 사람들을 촬영하였다.

게이트에서 나오는 이들은 쓰나미가 발생한 인도네시아와 인근 피해 지역에 관광을 갔다가 돌아오는 내국인들이다.

지옥을 방불케 하는 피해 지역에서 고립되었다가 국제 구호단체의 도움으로 공항이 어느 정도 정리가 되어 임시 운행이 가능해지자, 그들은 가장 먼저 관광객들을 자국으로 실어 보냈다.

그리고 지금 들어오는 사람들은 필리핀에서 고립이 되었다가 2차로 돌아오는 사람들이었다.

찰칵찰칵.

"현지 상태는 어땠나요?"

게이트를 빠져나오는 사람들을 향해 기자들은 막무가내로 카메라와 마이크를 들이밀며 인터뷰를 시도하였다.

"말씀 좀 해주십시오. 현지 상태는 어느 정도입니까? 피해는 어느 정도인지 말씀 좀 해주십시오."

기자들의 막무가내인 인터뷰 요청이 있었지만 게이트를 나온 사람들은 모두 지옥과 같은 곳에서 이제 막 빠져나온 상태라 무척이나 피곤했다.

멀쩡한 상태에서도 인터뷰를 해줄까 말까 하는 상황인데, 이처럼 어처구니없는 상황에서 자신들의 기분은 상관도 않고 달려드는 무례함 앞에서 인터뷰에 응할 리가 없었다.

사람들은 인상을 구기며 자리를 떠났다.

"아저씨, 그렇게 인터뷰를 하고 싶어요?"

모든 사람이 지나갔다 생각할 때 앳된 목소리가 가까이에서 들렸다.

찰칵찰칵.

모든 관광객들이 빠져나가 낙심을 하던 기자들은 하늘에서 내려온 동아줄과도 같은 목소리에 다시 활기를 띠기 시작했다.

목소리의 주인공은 이제 겨우 10대 중반으로 보이는 어린 학생으로, 소녀는 그 자리에서 마이크를 들고 있는 리포터를 쳐다보고 있었다.

"혹시 사고 현장에 있었니?"

너무도 어린 모습에 리포터는 조심스럽게 물었다.

"네. 전 필리핀 남부에 있는 만다나오에 있었어요."

소녀의 이야기를 들은 리포터의 눈빛이 반짝였다.

만다나오라면 필리핀에서 가장 먼저 쓰나미 피해를 입은 지역이었다.

그리고 이어지는 소녀의 이야기에 듣고 있던 리포터는 물론이고, 주변에 있던 기자들도 모두 깜짝 놀랐다.

"전 쓰나미가 몰려오는 줄도 모르고 부모님 몰래 호텔 밖으로 나갔다가 쓰나미에 휩쓸려 죽을 뻔했었어요."

인터뷰하는 소녀의 정체는 바로 쓰나미에 휩쓸려 떠내려가다 수현에게 구함을 받았던 정아름이었다.

"그게 사실입니까?"

정아름의 이야기를 듣고 있던 리포터는 혹시나 소녀가 사람들의 관심을 끌기 위해 거짓말을 하고 있는 것은 아닌가 하는 생각에 사실 여부를 물어보았다.

"물론이에요. 제 말이 진실인지는 제 아버지께 물어보시면 증명해 주실 거예요."

아름은 리포터의 질문에 단호한 표정으로 대답을 하였다.

"그래요. 그럼 어떻게 그 위기에서 무사할 수 있었나요?"

자신의 아버지까지 거론하며 자신의 이야기가 진실이라고 떠드는 소녀를 보며 리포터는 다시 한 번 진실 여부를 확인하는 질문을 하였다.

쓰나미에 휩쓸렸는데 무사하다는 것은 쉽게 믿음이 가지 않았기 때문이다.

그리고 그러한 생각을 하는 건 비단 그만이 아니었다. 주변에 있는 많은 사람들이 같은 생각을 하고 있었다.

"제가 이렇게 기자 언니에게 인터뷰를 하는 것은 절 구해준 사람에게 감사의 말을 전하고, 또 그분의 선행을 많은 사람들에게 알리고 싶어서입니다."

아름은 자신이 인터뷰하려는 목적에 대해 확실히 해두었다.

"그래요. 그렇다면 누군가에게 도움을 받아 무사할 수 있었다는 말씀이죠?"

"네."

자신을 구해준 사람의 선행을 알리고, 감사 인사를 하기 위해 인터뷰를 한다는 10대 소녀의 말에 리포터는 지금 소녀가 하는 말이 어쩌면 진실일 수도 있다는 생각이 들었다.

결코 거짓말을 꾸며서까지 남을 칭찬하는 사람은 없기 때문이다.

"누굽니까? 한국인인가요, 아니면 외국인?"

"그건⋯⋯."

아름이 대답을 하려다 살짝 말을 멈추자, 주변에 있던 기자들 속에서 궁금증을 참지 못한 누군가가 나서서 다시 한 번 질문을 던졌다.

"그 사람이 대체 누굽니까?"

그러자 아름은 침착하게 소리가 들린 쪽을 돌아보며 대답을 하였다.

"그게 누구냐 하면⋯⋯."

꿀꺽.

너무나 긴장된 때문인지 기자들 속에서 이번에는 침을 넘기는 소리가 요란하게 들렸다.

"로열 가드의 리더이자 기사단장인 수현 님입니다."

"뭐!"

찰칵찰칵!

웅성웅성!

아름의 입에서 자신을 구해준 사람으로 아이돌 그룹 리더의 이름이 언급되자 조금 전보다 더 크게 주변이 소란스러워졌다.

"그게 사실입니까?!"

리포터는 아름이 수현의 이름을 꺼내자 깜짝 놀라며 고함을 지르듯 큰 소리로 물었다.

"네, 맞아요. 저도 처음에는 절 구해준 사람이 누군지 몰랐어요. 그저 물에 떠내려가지 않으려고 나무에 매달려 소리를 치고 있었는데……."

아름은 당시 자신이 어떻게 수현에 의해 구해졌는지 자세히 설명을 하였다.

그런 아름의 설명을 모두 들은 리포터와 기자들은 할 말을 잊었다.

남자 아이돌 그룹인 로열 가드가 필리핀으로 화보 촬영을 위해 출국했다는 정보는 알고 있었다.

사실 이곳에 기자들이 나와 있는 것도 쓰나미 피해가 큰 나라 중 하나인 필리핀에 톱 아이돌 그룹인 로열 가드가 며칠 전 화보 촬영을 위해 출국을 했는데, 아직 그들의 신변에 관한 이야기라고는 소속사인 킹덤 엔터에서 발표한 멤버전원 아무런 피해 없이 무사하다는 이야기와 함께 화보 촬영에 따라갔던 매니저와 스텝들도 무사하다는 말뿐이었다.

그래서 혹시나 오늘 귀국하는 관광객들을 통해 그들의 소식을 들을 수 있지 않을까 하는 생각에 많은 연예부 기자들이 공항에 나와 있었던 것이다.

하지만 인터뷰는 쉽지 않았다. 그도 그럴 것이, 피곤한 관광객들에게서 당시 필리핀 현장 소식을 듣는다는 것은 하늘의 별을 따는 것만큼이나 어려운 일이다.

하지만 뜻밖에도 먼저 인터뷰하겠다고 나선 아름을 통해 자신들이 궁금해하는, 그리고 국민들이 궁금해하는 소식을 듣게 되었다.

그런데 로열 가드의 신변에 관한 이야기도 아니고, 무려 한 사람의 생명을 구한 선행에 대한 이야기를 구함을 받은 소녀로부터 직접 듣게 되자 현장은 난리가 났다.

"제가 힘에 부쳐 붙잡고 있던 나무를 놓치고 쓸려갈 때 기사단장님이 물로 뛰어들어 절 붙잡았어요. 그러다……(중략)…… 다행히 중간에 장애물을 붙잡고 물 밖으로 나올 수 있었는데, 어휴, 당시만 생각하면…… 엄마 아빠도 못 보고 죽는 줄 알았어요."

아직 어린 10대라 그런지 표정이 무척이나 풍부했다.

자신이 위험했을 당시를 이야기할 때면 인상을 찡그리며 두려운 표정을 지었다가도, 자신을 구해준 수현에 관한 이야기를 할 때면 마치 백마 탄 왕자님을 그리는 듯 꿈을 꾸는 듯한 표정을 지어 보이며 밝게 이야기하는 아름의 모습은 너무도 사랑스러웠다.

그리고 자세히 보니 조금 전 지나간 다른 관광객들하고는 다르게 너무도 밝았다.

게이트에서 함께 나오는 모습을 보지 못했다면 그들과 함께 관광을 다녀온 사람인지도 몰랐을 것이다.

"정아름! 너 여기서 뭐 하고 있어!"

아름이 기자들 속에서 당시 상황을 장황하게 떠들고 있을 때 한쪽에서 날카로운 목소리로 아름을 부르는 소리가 들렸다.

"어? 엄마!"

아름은 자신을 부르는 엄마의 모습에 순간 긴장을 하였다.

필리핀에 있을 때 부모님 몰래 밖으로 나갔다 그런 위험을 겪은 뒤로 아빠와 엄마는 절대 자신들의 곁에서 떨어지지 말라는 당부 아닌 당부를 하였다.

그런데 한국에 들어오자 그 말은 싹 까먹고 몰려온 기자들에게 수현으로부터 구함을 받았던 이야기를 하는 것에 정신이 팔려 부모님과 떨어져 버린 것이다.

"넌 필리핀에서도 엄마 말 안 듣고 사고를 당하더니, 또 그러는 거야!"

아름의 엄마는 자신의 말을 듣지 않고 공항에 혼자 떨어진 아름을 보자마자 잔소리와 함께 도망치지 못하게 한쪽 귀를 잡았다.

"아야! 엄마, 기자! 기자아!"

자신의 귀를 잡아 올리는 엄마에게서 벗어나지 못하자 아름은 얼른 주변에 있는 기자들에 대해 떠들었다.

"뭐? 기자? 무, 무슨…… 어머!"

아름의 엄마는 또다시 잃어버렸던 딸을 찾은 것에 정신이 팔려 정작 아름이 누구와 함께 있었는지 돌아보지 못했다.

"아름 양 어머니 되십니까?"

아름과 그녀의 엄마가 보이는 모습을 잠시 아무런 말 없이 지켜보던 리포터는 어느 정도 소강상태가 되자 얼른 두 사람의 틈으로 끼어들어 질문을 하였다.

"아, 예! 맞아요."

아름의 엄마 조미연은 리포터의 질문에 조금 전 아름에게 했던 모습과는 다른 아주 조신한 표정으로 대답을 했다.

그런 엄마의 변화에 아름은 눈이 커졌지만, 그런 딸의 반응을 봤으면서도 미연은 짐짓 보지 못한 것처럼 시치미를 떼고 카메라를 쳐다보았다.

"조금 전 아름 양이 자신이 필리핀에서 이번 지진으로 인해 발생한 쓰나미에 휩쓸렸다가 아이돌 가수인 정수현 군에게 구함을 받았다고 주장했는데, 사실입니까?"

너무도 충격적인 이야기였기에 아름 본인에게 이야기를 들었음에도 다시 한 번 사실 여부를 묻지 않을 수 없었다.

"네, 맞아요. 저는 쓰나미가 발생했는데 딸이 보이지 않아 찾아다녔어요."

조미연은 리포터의 질문에 쓰나미가 밀려들던 당시의 상황을 설명하였다.

딸이 보이지 않아 찾아 나섰다가 호텔 로비를 지키던 직원에게서 딸이 호텔 밖으로 나갔다는 이야기를 전해 듣고 깜짝 놀랐다.

밖은 바닷물이 들이쳐 아수라장이 되어 있는데, 자신의 어린 딸이 그곳에 있다는 소리에 걱정이 된 것이다.

혹시 잘못된 것은 아닌가 하는 생각마저 들었었다.

"그런데 로열 가드의 수현 씨가 제 딸과 함께 오지 않겠어요? 그땐 정말⋯⋯."

말이 하던 조미연은 순간 당시의 상황이 떠올라 눈물을 흘렸다.

"흑! 음⋯⋯ 죄송해요. 그때 상황이 떠올라 나도 모르게⋯⋯."

격정에 제대로 대답을 하지 못하는 조미연의 모습에 리포터도 이 이야기가 결코 꾸며낸 이야기가 아닌 사실이라는 것을 깨달았다.

"와! 이야기를 듣고 나니 로열 가드의 기사단장이 TV 속에서만 기사단장이 아니라 현실에서도 팬을 지켜주는 기사단장이었군요."

정아름과 조미연 두 사람의 이야기를 모두 들은 리포터는 순간적으로 수현의 별명인 기사단장이란 단어를 재치 있게 인용했다.

"맞아요. 전 이전까지만 해도 빅 트러블의 팬이었는데, 이번 일을 계기로 로열 가드로 갈아타기로 했어요."

리포터의 말이 끝나기 무섭게 아름은 수현에게 구함받았을 때 느꼈던 감정을 그대로 마이크에 대고 말했다.

"아니, 애를 찾으러 간 당신까지 여기서 이러고 있으면 어떻게 해!"

딸을 찾으러 간 부인까지 오질 않자 정재근까지 공항으로 두 사람을 찾으러 왔다.

"혹시 아버님도 정수현 씨가 따님을 구하는 것을 보셨나요?"

리포터는 처음 제보자인 아름의 보호자까지 나타나자 얼른 질문을 하였다.

"직접 구하는 것은 보지 못했지만, 딸과 함께 나타났던 청년의 모습을 짐작해 보면 그 청년이 우리 딸을 구해준 것이 맞을 겁니다."

처음 로열 가드나 수현에 대해 알지 못했던 정재근도 수현이 돌아가고 난 뒤 딸과 부인에게서 설명을 듣고는 그들에 대해 조금은 알게 되었다. 그렇기에 리포터의 질문에 자연스럽게 답을 하였다.

수현에 대한 인터뷰를 10여 분 정도 더 진행을 한 리포터는 인터뷰를 계속 이어갔다가는 로열 가드와 수현에 대한 찬양이 나올 것 같아 그만 인터뷰를 마쳤다.

하지만 실시간으로 중계가 되던 이 방송을 보고 있던 국민들의 반응은 이제 시작이었다.

＊　　　　＊　　　　＊

수현러브 : 우리 오빠들 화보 촬영으로 필리핀에 갔다고 했을 때, 무척 걱정을 했는데……. 역시 기사단장님 사랑할 수밖에 없어!

수현마누라 : 내가 뭐라고 했음. 내 남편은 아무리 쓰나미가 몰려와도 다 이겨낸다고 했지 않았음.

ㄴ 수현내꺼 : 윗님! 자꾸 내 꺼 노리는데 그러지 마세요. 신고할 거예요.

ㄴ 남영동광대 : 잘들 논다. 수현이는 뉘들 모른다.

수현바라기 : 기사단장님은 자신의 위험도 무릅쓰고 생명을 구했다고 하는데, 여기서 그런 말씀이나 하다니 부끄러운 줄 아세요.

기사가 나가고 많은 사람들이 기사에 댓글을 달았다.

긍정적인 내용도 있고, 또 더러는 댓글에 댓글을 달면서 장난을 치고는 했지만 대체적으로 수현에 대한 찬양의 글이 대부분이었다.

사건 사고가 많은 가운데, 엄청난 자연재해에 휩쓸려 본인들도 위급한 상황에서 다른 사람의 위급함을 그냥 지켜보지 않고 도움의 손길을 주었다는 아름다운 뉴스는 대한민국 국민들의 가슴을 따뜻하게 만들었다.

이러한 소식은 외신을 통해 해외에도 소개가 되면서 로열 가드와 수현의 이름은 이제 아시아는 물론이고, 세계 곳곳에 퍼지게 되었다.

그런데 이런 훈훈한 이야기는 한 차례로 끝난 것이 아니었다.

STV에서 특집으로 기획된 김정만의 정글 라이프가 방영이 되면서 수현의 이름은 이전과는 비교가 되지 않을 정도로 화제가 되었다.

〈『스타 라이프』 제8권에서 계속〉